7

打工吧★魔王大人

Satoshi Wagahara
Illustration ■ Oniku
和ケ原聡司
插畫 ■ 029

Kadokawa Fantastic Novels

魔王，再次決意要誠實地做生意

這對他而言，或許稱得上是削肉斷骨的捨身之技也不一定。
即使在戰敗後順利撤退，他們依然無法顛覆戰況，縱使想以少數兵力繼續奮戰，周圍也全是敵人。
沒有任何能讓他安心的夥伴，主君的性命今天仍舊被逐漸削減，而君側的奸臣也還是一樣不懂得律己。
事到如今，他知道該是下決斷的時刻了。
為了顛覆令人絕望的天命，他必須自己行動才行。
「……魔王大人。」
他望向正咀嚼著敵人送來的伙食的主人，低頭說道。
「嗯？什麼事，蘆屋？」
他那即使因為敵人的折磨與力量耗盡而缺乏幹勁，仍被迫吃下超出自己食量的飯菜並露出死相的主人——真奧貞夫，眼神黯淡地抬頭回答。
「我想向您請假一段時間。」
「……啊？」

「咦？」

「什麼？」

「啊？」

「呼喵……」

這裡是屋齡六十年的木造公寓「Villa・Rosa笹塚」的二〇一號室，所有擠在這間三坪大魔王城中的人們，皆以各自的反應凝視著他——蘆屋四郎的臉。

※

「什麼？我可以把這當成是魔王軍毀滅的徵兆嗎？」

魔王軍最大的敵人勇者艾米莉亞亦即遊佐惠美，驚訝地看向蘆屋的臉。

站在窗邊電腦桌前的惠美，正單手揪起墮天使路西菲爾變得更為墮落後的姿態——尼特族漆原半藏的胸口，看起來似乎隨時都會將他扔到窗外。

不過在她將注意力轉移至蘆屋身上後，被抓住的漆原也因此獲得解放，摔到了榻榻米上。

「嗚啾……」

差點窒息的漆原頭昏眼花地昏倒在地。

漆原剛剛才因為偷裝在宿敵勇者包包裡的發訊器曝光，而接受對方的制裁。光是沒被取走性命，就已經算是僥倖了。

「喂、喂，你說請假是什麼意思……」

因為忠臣突然想請假而顯得狼狽不堪的，正是身為對方主人的魔王，亦即真奧貞夫。

跟過去率領魔界惡魔稱霸異世界安特．伊蘇拉那時相比，他最近的確是沒做什麼像魔王的事情。

然而即使如此，真奧也不記得自己有做過什麼會讓魔王軍四天王——惡魔大元帥中的第一忠臣艾謝爾——蘆屋四郎背離他的事情。

真要說起來，他頂多只有在前陣子與大天使沙利葉的戰鬥中，將好不容易取回的魔力全用在修復日本被破壞的交通設施上面而已。

不過就連那件事，他應該也在接受了長達一小時的說教後，讓蘆屋認同這是考量到諸多狀況，不得不進行的緊急措施才對。

「那、那個……該不會是因為我太多管閒事的關係？」

此時不安地出聲詢問的，是目前魔王城中唯一的普通人類——日本高中女生佐佐木千穗。

她既是真奧打工的速食店麥丹勞幡之谷站前店的後輩員工，也是唯一知道魔王城居民的真面目，以及異世界安特．伊蘇拉狀況的人物，而更令人驚訝的是，她在知道真奧是魔王之後，依然對這位前輩抱持好感，偶爾還會像現在這樣帶親手做的料理來魔王城。

「要、要是因為我跟鈴乃小姐做了料理過來，讓蘆屋先生覺得自己的工作被搶走了，那我……」

「啊，不，並不是因為那樣。」

蘆屋連忙勸慰露出難過表情的千穗。

「由於我也一起受到了招待，因此，那個，真的是幫了大忙。」

蘆屋目前在魔王城負責的工作，囊括了料理、洗衣、打掃以及管理家計等所有家事。

而只要擔任家庭主夫的時間一長，便難以避免地會吃膩自己的料理。

就這方面而言，千穗帶來的料理可說是蘆屋少數的慰藉之一。

「那麼你這到底是吹什麼風啊。我也跟艾米莉亞一樣，覺得若這是魔王軍毀滅的徵兆，那隨便你想快點消失到哪裡都好，不過要是你就這樣原因不明地消失，反而讓人覺得詭異。」

Villa・Rosa笹塚二〇二號室的居民兼魔王城鄰居，同時任職於安特・伊蘇拉西大陸一大勢力的大法神教會的聖職者克莉絲提亞・貝爾亦即鎌月鈴乃，一面收拾用來攜帶料理的保鮮盒，一面懷疑地問道。

即使同樣是親手做的料理，鈴乃跟惠美一樣是魔王城的敵人，因此她帶來的料理全是使用經過祝聖的食材，會對惡魔造成宛如食品添加物般的危害。即使有助於家計，依然不太受到蘆

屋的歡迎。

就在這陣令人窒息的沉默中，蘆屋快速瞥了千穗與惠美一眼，表情嚴肅地搖頭回答：

「……無可奉告……」

「等、等等，你是當真的嗎？喂……」

逐漸理解到蘆屋是認真的真奧，連忙按捺因為千穗與鈴乃的料理攻勢，而撐得非常痛苦的肚子站了起來。

真奧衝向跪在榻榻米上的蘆屋，抓著他的肩膀喊道：

「你、你是有什麼不滿嗎？難、難道是在氣我前陣子打工回來時，順路在便利商店買了熱狗來吃嗎？還、還是因為我上次弄丟了你託我買東西時的發票？關於之前多買了一捲衛生紙回來的事情，我就說過不是故意的啦！」

「若有會因為對這種事不滿就想造反的大元帥在，那還是早點換掉比較好吧……」

看見真奧驚慌失措地列舉出這些小事，惠美對真奧的背影投以近似憐憫的視線。

「不，我絕不是對魔王大人或職場環境有什麼不滿。」

「什麼嘛。」

不過無論是因為偷買零食被發現就倉皇失措的魔王，還是明明被迫持續當家庭主夫，卻仍未抱持不滿的魔王軍四天王惡魔大元帥，感覺似乎都有點問題。

「只是這樣下去……或許魔王軍過不久將再度面臨滅亡的危機，而只要我離開，也許就能稍微延緩那個時刻到來……」

「我完全聽不懂你在說什麼！說清楚一點啦！」

真奧眼神嚴肅地凝視蘆屋。

就在主從兩人以苦惱的表情互望了一會兒後——

「那麼……魔王大人，請稍微移駕到外面一下……」

蘆屋放棄似的低下頭，與真奧一同走出了房間。

除了昏倒的漆原以外，剩下的三位女性皆一臉莫名其妙地面面相覷，至於過不久後回來的真奧，臉上則是掛著十分奇妙的表情。

「喂，惠美，還有小千。」

「……怎樣啦。」

「是、是的。」

「不好意思，妳們今天能先回去嗎？詳情我之後再說明。總之現在……先讓我們幾個獨處一下。」

從真奧嚴肅的表情上面，完全感覺不到平常的餘裕。

在看見那甚至讓人覺得似乎有些悲傷的表情後，惠美哼地一聲說道：

「……好好好，我知道了啦。我們走吧，千穗。」

「咦，可、可是遊佐小姐……」

「小千。」

真奧以真摯的聲音，向因為無法掌握狀況而陷入混亂的千穗搭話。

「不用擔心」——千穗感覺自己似乎聽見了這樣的聲音。

「……我、我知道了……可是……」

即使如此，千穗還是忍不住問道：

「蘆屋先生……應該不會就這樣離開這裡吧？」

「……放心吧。」

真奧代替堅持沉默不語的蘆屋回答。

「真的嗎？就算他一個人當游擊兵攻過來，我也是照砍不誤喔。」

「妳快點回去啦！」

真奧為了讓千穗打起精神而用力地點了一下頭，並粗魯地趕惠美離開。

兩人一走出玄關，就發現蘆屋沉默地站在走廊上。

惠美看也不看一眼，千穗則是輕輕行了一禮，然後兩人便離開了公寓。

望著兩人的背影，蘆屋深深地嘆了一口氣。

「……總覺得事情變得很奇怪呢。」

就連被獨自留下來的Villa・Rosa笹塚居民鈴乃，也開始覺得不自在了起來。

「那麼，我也……」

說完後急忙起身的鈴乃，馬上就被從外面回來的蘆屋擋住了去路。

「站住，克莉絲提亞・貝爾，妳留下來。」

「……你說什麼？」

仔細一看，真奧也正以認真的眼神緊盯著這裡。

兩人散發出與惠美和千穗回去之前截然不同的危險氣氛，讓鈴乃不自覺地擺出架式，快速拔出插在自己頭上的髮簪。

在閃過一道光芒後，原本固定於她頭髮上的髮簪，居然瞬間變成一個與身材嬌小的鈴乃毫不相稱的巨槌。

鈴乃的髮簪，是能將十字型道具進化為武器的法術——武身鐵光的媒介。

這法術擁有足以一擊破壞新宿站變電設施的威力，即使有什麼萬一，也能輕易擊倒三名因為喪失魔力而衰弱的惡魔，然而一旦像這樣被包圍，就連鈴乃也難掩緊張之色。

「別做傻事了。你們以為只要全部一起上，就能敵得過我嗎？」

雖然鈴乃試著出言牽制，但真奧與蘆屋還是毫不在乎地說道：

「閉嘴，貝爾。妳必須協助我們，沒有拒絕的餘地。」

「別笑死人了，居然敢說我沒有拒絕的餘地？就憑你們現在的力量，又能拿我怎麼樣？」

「不怎麼樣。反正妳也只剩下協助我們這條路了。」

真奧雙手抱胸，側眼瞥了一下至今仍昏倒在窗邊的漆原。

「這都是為了填補漆原擅自挪用家計，拿去購買發訊器的四萬圓啊！」

一臺資源回收業者的小貨車一面從揚聲器發出模糊的聲音，一面通過公寓外面的馬路。

「…………四萬圓？」

處於備戰狀態的鈴乃驚訝地睜大了眼睛。

「就是漆原為了找出被妳跟沙利葉抓走的惠美跟小千的所在位置，所使用的那臺機器的價格啦。」

「能、能特定出所在位置的機器？」

鈴乃一臉訝異地看向漆原。

聽從沙利葉的指示待在都廳屋頂時，鈴乃的確一直很納悶為何真奧有辦法掌握到己方的所在位置。

「真、真的有辦法做到那種事嗎……」

「總而言之，貝爾，這下妳知道自己為何無法拒絕我們的要求了吧。」

「蘆屋從明天開始將出門工作，好填補為了救小千所使用的那四萬圓機器費用。他就是為此才請假的。畢竟事到如今無論我再怎麼增加打工的班次，都不可能有辦法填補四萬圓這種天文數字。」

面對蘆屋與真奧接二連三的說明——

「……唔！」

鈴乃的表情悔恨地扭曲。

「我不會說什麼一半，但妳至少也有三分之一左右的責任吧。特別是把小千也捲進來的這個部分。」

「那、那是……那個……」

雖然鈴乃還想出言反駁，但她馬上就失去了氣勢，只能無力地將巨槌放到榻榻米上。

幾天前，大天使沙利葉因為盯上了惠美持有的「進化聖劍．單翼」，而從安特．伊蘇拉的天界現身，不幸被捲入這場戰鬥的千穗，也因此差點就被帶去了異世界。

當時鈴乃在立場上無法違抗天使的命令，所以曾經協助對方綁架千穗。

雖然後來在真奧的活躍表現之下，千鈞一髮地救出了在東京都廳的屋頂上陷入危機的千穗

與惠美，鈴乃也因此從安特・伊蘇拉的因習中獲得解放，不過當時照理說應該不曉得她們所在位置的真奧，之所以能夠毫不遲疑地到達現場，全是依靠追蹤漆原事先裝在惠美皮包裡的發訊器所發出的信號。

「這件事就結果而言，也不能單方面地責備漆原亂花錢。實際上要不是有那個發訊器，或許我也只能像個無頭蒼蠅般到處亂竄，而小千跟惠美說不定早就被人帶走了。」

「話雖如此，真要說起來，究竟有沒有必要花到四萬圓也有些微妙呢。」

「那也是結果論吧。當然漆原愛亂花錢的毛病的確是有改正的必要。不過至少就這次的事情而言……」

真奧將視線轉向消沉不已的鈴乃。

「所以你們才會叫艾米莉亞跟千穗小姐先回去啊。」

「沒錯，特別是考量到佐佐木小姐的個性，若讓她知道這件事，她很有可能會認為是自己不好而堅持要賠償。」

蘆屋點頭肯定。

「話雖如此，我們也沒道理接受艾米莉亞的施捨。畢竟我們並非為了艾米莉亞，而是為了救佐佐木小姐才使用那個機器。不過就算讓佐佐木小姐負責也說不過去，因為原本就是我們害她被捲進安特・伊蘇拉的事情。」

剛才千穗看見蘆屋寫的家計簿上有一條「刷卡：40000圓。使用者．笨漆原」的項目時，蘆屋之所以刻意針對漆原亂花錢的惡習大肆抱怨，也是為了避免千穗擔無謂的心吧。

無論是千穗還是惠美，最好都讓她們以為漆原是基於無關緊要的理由，才想打探惠美的動向跟購買不必要的東西，這樣比較能防止她們擔多餘的心。

最後結果就只剩下漆原全力侵害了女性隱私的事實，而他本人也因此被惠美給教訓得半死……

「……明明是魔王軍，為什麼在這方面會這麼細心啊。」

鈴乃不悅地低喃，但並未傳到真奧等人的耳中。

「……那麼，你們想要我怎麼樣。賠償嗎？我該負擔幾成的費用？」

最有可能的方式應該就是這個吧。

然而真奧與蘆屋卻彷彿瞧不起鈴乃似的哼了一聲。

「別太小看人了，我等高傲的魔王軍，怎麼可能會要堪稱天敵的大法神教會的髒錢呢！」

「呃，蘆屋，那樣講感覺也有點奇怪。」

「區區漆原的花費，我一個人就能填補給妳看！不過為此我必須離開魔王城幾天才行！克莉絲提亞．貝爾！魔王城這段期間的伙食，全部都要由妳來負責！」

「咦？為什麼？」

此時表達不滿的並非鈴乃，而是真奧。

「魔王大人，怎麼了嗎？」

「呃……就算不用勉強鈴乃做飯，只要你事先準備好放著不就行了？」

「您在說什麼啊。從家庭料理的角度來看，貝爾煮的飯除了食材經過祝聖以外，無論營養還是味道都是一流的。這樣也能節省伙食費。」

「嗯，呃，也沒你說的那麼好啦。」

「不准誇獎！不准害羞！呃，不過，那樣感覺比直接跟她拿錢還要丟臉……」

「而且只要持續讓貝爾做飯，那麼因為擔心而來觀察情況的佐佐木小姐，也會將注意力轉移到她身上，簡直是一石二鳥啊！」

蘆屋嚴厲地制止真奧繼續反駁，按照這個說法，他該不會是想利用千穗的感情，讓千穗對同樣替魔王城送飯的鈴乃燃起對抗意識吧？

「這、這樣啊？」

眼見真奧還是無法釋懷，蘆屋為了保險起見又再度補了一句：

「而且要是不這麼做，感覺魔王大人又會輸給零食的誘惑，並增加多餘的伙食費呢。」

「唔。」

才剛因為亂了手腳而坦承自己偷買零食的真奧，頓時啞口無言。

「此外，可想而知漆原一定會趁我不在，就只吃外賣或即食食品這些罔顧營養與健康、不符合成本效益的東西。加了防腐劑與化學調味料、經過冷凍輸送的外食，跟使用新鮮祝聖食材的料理，不用多說也知道該選哪一邊吧！」

「呃，畢竟現在是夏天，所以其實我手邊已經沒剩多少生鮮食材……」

鈴乃搔著臉嘟囔，但遭到惡魔們的忽視。

「總而言之，不會花很長的時間！只要在我離開家的這幾天內，別讓佐佐木小姐跟艾米莉亞察覺真相，並讓魔王大人跟路西菲爾過著清貧的生活，魔王城的家計就會轉虧為盈，魔王軍也能迴避崩壞的危機！這樣就行了！」

「這樣就行了啊……」

「這樣就行了嗎？」

鈴乃與真奧異口同聲地說道。

「……啊啊，我知道了啦！如果只是這點小事，那我就幫你們吧！畢竟我也覺得對千穗小姐很不好意思！」

「什麼叫『那我就幫你們吧』，克莉絲提亞．貝爾，妳那是什麼居高臨下的態度！」

「……請讓我幫忙吧。」

面對身材修長的蘆屋，鈴乃雖然紅著臉全身顫抖，但還是乖乖地遵從對方的指示。

「……吵死人了，到底發生什麼事了？」

此時毫不羞恥地從昏倒轉換為睡眠模式的漆原緩緩起身，揉著眼睛看向三人。

「那個，漆原。」

「嗯？」

真奧感慨地低聲說道：

「要好好珍惜食物、金錢跟人情啊。」

「……什麼意思？」

最後漆原的疑問，並沒有獲得回答。

※

「聽好了，調味料在這裡，雖然米快沒了，但我有事先買好放在水槽底下的櫃子裡。還有放新的米進去之前，記得要先把米桶用水洗乾淨晾乾。」

「……嗯。」

「雖然菜刀我有先磨過了，但要是覺得不夠利，磨刀石也一樣放在水槽底下。抹布類用完後只要掛到這個小型晾衣架上，再一起晾乾就可以了。」

「我知道了……」

「電鍋的內鍋跟蓋子每次使用完後都要仔細清洗，特別是漆原用過後一定會剩下乾掉的飯粒。還有也別忘了內蓋。」

「夠了，你快點出去啦！」

隔天早上，被叫來魔王城的鈴乃，正對蘆屋瑣碎的指示感到厭煩。

鈴乃平常並不是個隨便的人，但蘆屋將廚房整理得比想像中還要井井有條這點，還是讓她沒來由地感到不悅。

出發之前，蘆屋針對廚房周邊提出了非常繁瑣的注意事項。

兩人事先就說好除了米以外的食材，無論準備還是調理都交給鈴乃處理。

不過鈴乃明明到昨天為止，都還自己喜孜孜地帶著使用祝聖食材所做的料理過來，結果一旦被真奧等人要求，又突然變得不想替他們送飯了。

按照她的說法，在魔王城做飯似乎比較沒有「特地送東西過來」的感覺。

「啊，蘆屋已經要出門啦？」

原本裹著毛巾被睡覺的真奧，被鈴乃的吼叫聲喚醒。

「呼啊……感覺有點涼呢。是因為早上嗎？咦，五點半？你這麼早就要出門啦？」

「因為我們是約六點半在新宿西口的BARUSU大廈集合，所以必須早點出門才行。」

「……雖然我不知道你要去哪裡，但你自己小心一點喔。」

「了解。」

真奧雖然認可蘆屋出外工作，但由於蘆屋本人不知為何堅持不肯透露工作內容，因此真奧最後還是不曉得他要去哪裡跟做什麼事。

因為確定不是違法或具有危險性的工作，所以真奧也沒特別追問，但星期五一大早就在新宿集合，到底是要去哪裡呢？

掀開毛巾被起身的真奧，抱著從短袖裡伸出來的雙手稍微抖了一下。

「……早餐已經做好囉。要是會冷，就喝一點味噌湯吧。」

鈴乃不悅地看著發抖的真奧。

仔細一看，瓦斯爐上面的雪平鍋，正在這寒冷的氣溫中散發熱氣。

「喔喔，這麼快就做好啦，我開動啦。」

看見真奧興高采烈地衝向鍋子，鈴乃更加不悅地皺起眉頭，蘆屋則是滿意地點頭。

「那麼魔王大人，我出門了。請您千萬要多注意路西菲爾的動向。」

「嗯，應該沒問題吧。他才剛差點被惠美殺掉而已，我想應該不會再繼續亂花錢……這個月的話。」

「說、說的也是……這個月的話。」

至於兩人話題中的漆原，正像隻蓑衣蟲般裹著毛巾被，發出平穩的鼾聲。

「……話說真的好冷喔。」

「嗯，明明是夏天，這樣的確有點冷。該不會是下雨了吧？」

在送蘆屋出門約一個小時後，明明城鎮已經隨著太陽升起而甦醒，氣溫卻完全沒有上升的跡象。

既沒有電視也沒有收音機、甚至連能夠播放新聞的手機都沒有的真奧與鈴乃，當然無從得知今天太平洋高氣壓的勢力減弱，導致整個關東地區都因為受到從大陸過來的低氣壓影響，而有氣溫下降的傾向。

明明昨天的最高溫逼近三十度，今天的氣象預報卻只有十九度。

漆原雖然還沒睡醒，不過似乎也因為覺得冷而抱緊毛巾被將身體縮成一團。

「嗯，今天還是穿長袖好了……」

真奧打開壁櫥，拉出裝了冬季衣物的簡易衣櫃。

「不過無論再怎麼冷，穿毛衣跟外套還是會有點熱呢……」

衣櫃裡面裝的全是正式的冬裝。

來到日本的第一個冬天，真奧與蘆屋幾乎每天都穿得鼓鼓的。

當時的魔王城別說是暖氣設備了，就連普通的棉被也沒有，真奧回想起兩人曾經為了避免凍死，而將經費集中在添購便宜的厚重衣物上。

「真奇怪……我去年應該有買一件HEATTIC的汗衫啊。」

UNI×LO近年推出了一款能發熱兼保暖的內衣，照理說真奧與蘆屋應該各買了一件才對。

然而無論怎麼找，衣櫃裡就是沒有那件汗衫。

「要是沒有艾謝爾在，你連冬衣收在哪裡都不曉得嗎？」

真奧移開目光，迴避鈴乃冰冷的視線。

「你該不會是那種襪子一破洞，就會找不到之前買的新襪子的類型吧。」

「笨蛋，我們哪有什麼事先買好的新襪子。破洞的地方當然是麻煩蘆屋補起來啊。」

漆原在兩人後方翻了個身。

「……魔王，你們真的有這麼窮嗎？」

「妳別因為自己是上級聖職者，就瞧不起貧民啊。所謂的節約生活，就是要把能用的東西用得徹底吧。」

憤慨的真奧開始翻找位於房間角落的收納櫃，並拿出某樣東西。

「……燈泡？是洗手台的備用品嗎？」

真奧從寫著20W的厚紙板中，掏出燈泡交給鈴乃。

「妳搖一下看看。」

「嗯……這不是壞了嗎？是忘了在回收日拿去丟嗎？」

「怎麼可能。在補襪子前端的部分時，只要把這個塞進破掉的襪子裡，就會比較好縫。下次有機會妳再自己試試看吧。」

漆原又翻了個身。

「順帶一提，蘆屋縫紉盒裡的東西全都是在百圓商店……」

「夠了。」

鈴乃開始難過起來了。

「……你是中午前上班吧。需要午餐嗎？」

「喔，拜託妳啦。」

真奧極為珍惜地將壞掉的燈泡收好。

「……我材料都事先準備好了。想吃時再過來告訴我吧。還有記得叫路西菲爾起床啊。」

「喔，真不好意思。」

交代完必要的事情後，鈴乃便回到自己的房間。就在她走進玄關，看見自己映照在正前方梳妝台裡的身影時——

「惡魔大元帥，居然用壞掉的燈泡補襪子……」
鈴乃連草鞋都沒脫，就直接當場跪地低下頭來。
由於自行車在前陣子的騷動中被鈴乃破壞，因此這段期間真奧只能徒步通勤。
即使天氣轉涼，他白天還是因為走路上班而流了一點汗，不過等到了晚上，或許會覺得有點冷也不一定。
傍晚放學後前來上班的千穗，有些擔心地問道：
「那個……結果，蘆屋先生他……」
「啊？嗯……」
千穗和惠美昨天就這樣在曖昧的狀況下回去，結果直到現在，真奧都還沒告訴兩人蘆屋後來怎麼了。
不過唯一能夠確定的是若告訴千穗實情，她很可能會感到自己有責任，因此魔王軍與鈴乃說好只要談到這件事，就要適當地敷衍過去。
「啊，那個，沒什麼大不了的。他只是找到不錯的打工而已。」
「不錯的……打工嗎？」

「嗯。不過最近不是才剛發生過沙利葉跟鈴乃的騷動嗎？他好像不太放心在這種時候離開家裡呢。」

真奧完全沒有說謊。

只不過隱瞞了蘆屋並非想要貼補家用，而是為了填補赤字這點而已。

「這、這樣啊。那、那他晚上會回家嗎？」

「啊……那個，好像要在那邊住幾天的樣子……」

「有那種必須外宿的工作嗎？」

「不曉得耶……」

真奧之所以含糊其辭，並不只是因為對千穗有所隱瞞，而是他真的不曉得蘆屋去了哪裡。

真奧知道即使是在自己開始於麥丹勞工作後，蘆屋還是偶爾會獨自出去打零工，但真奧並未完全把握部下的所有工作內容。

「雖然我也不是很清楚，但他只有說那是身為魔王軍的將領不應該承接的工作。」

這是真奧獨自被叫到走廊時，從蘆屋那兒聽來的。

「那、那是什麼意思？該不會是某種危險的工作……」

「好像不是什麼違法或不安全的工作。既然是蘆屋選的，那我想應該不用太擔心吧。」

「這樣啊……」

千穗因為真奧含糊的回答而沉下了表情。真奧見狀，趕緊趁直覺敏銳的千穗發現之前轉移話題。

「倒不如說因為蘆屋不在，所以現在魔王城只剩下漆原一個人這點還讓我比較擔心呢。希望他別又亂買沒用的東西，或是忘記關瓦斯就好了……」

「嗯……」

真奧試著開朗地說起玩笑話，但千穗的表情還是沒什麼改變。

「……呃，該怎麼說。」

真奧表情複雜地拍了一下千穗的肩膀。

「總之妳不用太在意啦，要是無論如何都放不下心，那麼等蘆屋回來之後，再做點料理給他吃好了。這麼一來，他應該也會告訴妳一些事情吧。」

「……好的，那麼，我會再做一些好吃的東西帶過去。」

就在千穗好不容易稍微恢復笑容時，店裡晚上的客人正好開始變多，於是真奧與千穗便一同回到了嘈雜的工作環境中。

到了晚上九點，身為高中生的千穗已經先下班回家了。

雖然真奧不覺得自己有順利敷衍過去，但只要蘆屋回來後能填補那四萬圓的支出，那麼就算不幸被發現，也不用讓千穗負擔不必要的責任。

要是麻煩高中女生替自己收拾殘局，可是有損惡魔之王的名聲。

現在只要於蘆屋不在的這段期間，跟漆原一起看家就行了。

「……不過這才是最讓我不安的事情啊。」

真奧一面自言自語，一面順暢地完成星期五晚上的工作，踏上漆黑的夜路回家。

果然晚上的氣溫也一樣偏低，甚至到了讓人覺得有些冷的程度。

鈴乃說今天晚餐要煮鍋燒烏龍麵。

雖然那並非適合夏天吃的料理，不過以今天這種氣溫而言，還算是能接受的選項，然而甚至開始稍微懷抱期待的真奧，一回到家就面臨了衝擊的事實。

「喂……喂，這是怎麼回事？」

回到家的真奧一踏進玄關，眼前就變得一片空白。

屋子裡面，是表情凝重地坐著的鈴乃，以及看起來被絕望擊垮的漆原。

除此之外——

在他們面前，還堆滿了許多真奧從來沒看過的東西。

新鮮水果、無數的清潔劑、今天的報紙，以及……

「全新的滅火器、五組羽絨被，另外水槽還裝了淨水器。」

「什……什……什……」

「一共好像是四萬五千圓的樣子。」
鈴乃的聲音，聽起來宛如從遙遠彼岸傳來的死神呼喊。

※

千穗在家裡房間的床上抱著心形的抱枕，同時撥了一通電話。
「……啊，喂，我是千穗。不好意思，這麼晚還打電話過來。嗯，他好像是出去工作了……嗯，因為他有提到要外宿，所以應該不會馬上回來……果然是那樣沒錯。」
千穗講電話時的表情，絕對稱不上開朗。
「明天是星期六，我會再做點配菜送過去。目前我也只能辦得到這點事。嗯、嗯，那就先這樣了。」
結束通話，將手機扔到床上後，千穗躺著深深地嘆了一口氣。
「我對漆原先生說了很過分的話呢。」

※

「漆、漆原，你該不會……」

真奧第一時間想到的可能性，是至今只會把錢花在購買電腦周邊設備、點心以及清涼飲料的漆原，趁真奧與蘆屋不在家時亂買東西。

「不、不是啦！我怎麼可能會主動買這些充滿生活感的東西！」

然而漆原卻難得狼狽地反駁。

「那這是怎麼回事？啊？我早上出門時，家裡可是完全沒這些東西喔？」

「冷靜點，魔王。」

獨自一臉凝重地坐著的鈴乃，將一張類似收據的東西遞到真奧面前。

「這是什麼，好像……不是收據，購買證明？兩千圓，外接式硬碟？」

「……就算是我，也知道蘆屋為什麼要出去工作啊。」

漆原低著頭嘟囔道。

「雖然沒辦法一個人賺回來，但我還是想稍微填補一點……」

「總而言之，看來路西菲爾是遇到收購詐欺了。」

「收購詐欺？」

這個陌生的詞彙讓真奧疑惑了一下。

「就是用收購貴金屬當藉口跑進別人家裡，然後不當地將家中物品核定低價，再強行收買的手法。」

「……啊，這我好像有印象。」

感覺在社區清掃的空檔時，曾經跟附近的老人家聊過類似的話題。

據店裡的常客渡邊老先生所言，最近似乎有那種業者專門瞄準銀髮族與家庭主婦下手，傳閱板上面也提醒大家要多加注意。

「所以你原本是為了填補那四萬圓，才打算賣掉這個電腦零件嗎？」

「……是這樣沒錯啦……」

「看來他似乎碰上非常惡質的業者了呢。」

鈴乃難得對漆原投以同情的眼光。

「對方好像是偽裝成收購物品的業者來進行強迫推銷。等我發現情況不對過來察看時，已經是這副慘狀了。」

「不、不過連報紙跟水果也是嗎？居然連滅火器跟水果都有賣，那推銷員的事業到底是做多大啊！」

「抱歉，水果跟報紙是其他業者，單純只是無法回絕而已。」

「喂！」

真奧沮喪地跪倒在地。

「你也太不知世事了吧！直接說不需要，把人趕走就好啦！」

「因為對方一直勸我試試看，還威脅我說如果不收下就絕不離開耶？而且那些人一直不斷地按門鈴，要是門鈴壞了才真的會增加開支吧。」

「不過就這樣乖乖收下，根本是讓對方稱心如意啊！」

「是這樣沒錯啦，不過無論我說什麼，對方都避重就輕地把話題岔開不肯回去。該說是那些人能言善道，還是個性狡猾……」

到底是什麼樣的勸誘，能讓同時身為墮天使與惡魔的漆原說到這種程度呢。

對於沒遇過那種人的真奧來說，實在是無法想像。

「魔王，就算現在罵路西菲爾也無法解決問題。即使責備那個明明身為惡魔大元帥，卻連報紙的強迫推銷都無法拒絕的墮天使也無濟於事啊。」

「貝爾，妳那樣等於是在我的傷口上灑鹽。根本就是落井下石。」

「報紙跟水果還算好處理。畢竟報紙只要去報社抗議和退訂就行了，水果本身的價格也不算貴。雖然品質差到若在超市看見同樣的東西，即使半價我也不會買的程度。」

鈴乃拿起放在一旁的梨子說道。

「所以說，別在我的傷口灑鹽……」

「比起這個，問題應該在於剩下那三項商品吧。路西菲爾。」

「嗯、嗯……真奧，你看這個。」

漆原指向開機的電腦。

「什麼，網頁？奢華生活國際控股公司（deluxelife ternational holdings）……這是什麼又長又沒意義的公司名稱啊……又不是只要寫英文就好。」

「這是那間收購公司的網頁。因為上面有附電話，所以我也有試著用Skyphone打過。」

「然後呢？」

「根本就沒人接。我調查了一下後，發現總公司位於都內的雜居大樓。雖然我有駭進去調查ＩＰ位址，不過他們網頁的伺服器原本就是用租的，公司的電腦並未連上網路。」

「……換句話說？」

「這些滅火器、羽絨被跟淨水器……或許無法退貨也不一定。那間絕不是什麼正派經營的公司。」

「喂、喂，等等，你們剛才說這些一共四萬五千圓……」

漆原與鈴乃快速偏過頭。

由於漆原本身並沒有錢包，因此除了存在銀行裡的錢以外，都是由蘆屋與真奧保管。

也就是說，既然漆原是用刷卡付款，那麼銀行戶頭那裡一定會留下交易記錄。

「蘆屋可是為了填補四萬圓的缺口才出去工作的耶。而你居然……」

支出了毫無意義的四萬五千圓。

真奧與漆原感覺背後一陣寒顫。

「必須在蘆屋回來前想點辦法才行。」

「嗯，他大概會像惡魔般生氣。」

「那傢伙本來就是惡魔吧。」

惡魔們無視鈴乃的吐槽繼續說道：

「我記得蘆屋說他星期天晚上會回來……」

「必須在那之前想點辦法才行，不然我們就看不見星期一的朝陽了。」

「這、這根本就不是我的錯吧！」

「不，我不認為艾謝爾會接受這種藉口。他應該會怪你監督不周吧。」

「我就知道！」

鈴乃冷靜的分析，讓真奧發出足以撼動整間公寓的慘叫。

※

「就是這裡啊……」

真奧確認了一下標示大樓承租者的名牌。

那個叫奢華某某公司進駐的大樓，意外地就在魔王城的徒步範圍內。

真奧原本以為那間公司應該會位於都心的商圈或鬧區，結果卻是一棟座落於和甲州街道交叉的幹線道路旁邊的老舊大廈。

「唉……希望別起什麼爭執就好。」

由於漆原表示這間公司並非正派經營之流，因此真奧也做好了一定程度的覺悟，他下定決心走上樓梯，發現對方居然堂堂正正地掛了公司的招牌。在透明的強化玻璃門對面，是還算整齊的辦公空間，同時還有一位女性職員的身影。

真奧為此鬆了一口氣，因為他此行的目的，正是將漆原事實上被強迫推銷的商品退貨。

打開門走進去後，剛才從外面看見的女性職員因為注意到訪客而起身。

「歡迎光臨，請問您今天來這裡有什麼事呢？」

「那個……其實是昨天貴公司有人到我家推銷……」

真奧試著說明狀況。

為了避免把事情鬧大，關於昨天有人來家裡推銷的事情，真奧只簡潔地表明自己當時並不在家，且購買的東西全都尚未使用，因此希望能夠退貨的意思。

「我知道了。昨天在笹塚是嗎……我幫您查詢相關的負責人，請您稍候一下。」

女性職員意外乾脆地協助真奧尋找負責人。她從櫃檯附近的辦公櫃裡拿出一疊厚厚的檔案翻找了一陣後，便緩緩拿起內線電話。

「這裡是櫃檯……有客人想退貨……好的，我知道了。」

女性職員放下話筒，指向櫃檯區旁邊的一張小椅子。

「負責退貨的人馬上就過來，請您在那裡稍坐一下。」

「啊，好的。」

情況意外地順利。

或許漆原昨天打電話之所以沒人接，只是出於公司規模太小，剛好忙線中之類的理由也不一定。

真奧才剛坐下，就有一位穿西裝的男子從裡面出現。他與剛才的那位女性職員說了幾句話後，便往這裡走了過來。

那是一位身材修長、體型與真奧相去不遠的戴眼鏡的男子。

「讓您久等了。我是負責退貨事宜的九流。您就是真奧先生吧。」

「你好……」

「呃，您想退的是……滅火器、羽絨被，還有簡易淨水器等商品。」

「啊，嗯，就是這些東西……」

真奧突然感覺到不對勁。

自己應該還沒報上名號。

而且也不記得有事先告知（被迫）購買了哪些商品。

該不會這間公司昨天的業績就只有魔王城一戶吧。

「那個……非常不好意思，基本上這些商品都無法退貨。」

「……咦？」

對方劈頭的第一句話，就讓真奧的疑慮一口氣大幅提升。

「特別是淨水器的部分，雖然您說尚未使用，但在裝設時就已經有讓水通過了，因此很難說是完全未經使用……」

「請、請等一下。可是，真的就只有那樣而已喔？」

真奧說的是實話。

鈴乃在知道漆原被強迫推銷後，就刻意不使用那個水龍頭。

「我明白您的意思，不過當初在裝設時已經有客人在旁邊見證，且本公司關於淨水器的合約條款就是這麼規定的。」

「合約條款……」

九流遞給真奧一張陌生的紙。

「我們昨天根本就沒收到這種東西。」

「應該有人交給您才對。在那之後就是由客人負責保管，關於這點我們也無能為力……」

「怎麼可能才一天就搞丟了！」

「就算您這麼說……」

九流避重就輕地迴避話題。

無視困惑的真奧，九流繼續說道：

「關於滅火器的部分，坦白講也無法退貨。」

「啊？」

「您知道滅火器的設置基準嗎？」

「設置基準？」

「是的，就集合住宅的情形，必須在距離各房間或樓梯二十公尺內的場所張貼標示，並在專用的設置台上安置滅火器。」

「呃，不過我們走廊上已經放了一個公共滅火器。」

「即使如此，根據計算，那棟公寓每層樓還是應該要裝設兩個滅火器。雖然設置義務是規定間隔二十公尺，但視建物面積而定，還是有可能產生變化。若撤走曾一度設置過的東西，就連我們也會觸犯法律……」

即使九流說的都是真話，身為承租人的真奧應該也沒義務必須負擔實際費用才對。

談到這裡，真奧也逐漸理解狀況了。

「那羽絨被呢？」

「關於這部分，如果沒開封且完全未經使用，我們願意接受退貨。是七組羽絨被對吧？」

「……應該是五組吧。」

「不，是七組，這張明細上是這麼寫的。」

九流手上的紙條，是用複寫紙所寫的交貨明細。上面不但複寫了漆原潦草的平假名字跡，格式也與留在魔王城的收據相似。

唯一不同的是在記載貨物內容的欄位內，羽絨被的數量變成了「七組」。

那張複寫紙被人動了手腳。

「……如果只剩五組，那數量就不對了。這麼一來即使那五組都未經使用，我們也無法全額退費，只能以收購二手貨的形式買回。」

總而言之，對方從一開始就沒打算接受退貨。

只是徹底裝出低姿態，用拙劣的詭計與小手段欺騙客人的金錢罷了。

由於商品本身並沒有明顯的缺點，因此即使被強迫推銷了不必要的東西，客人也無法退貨，只能自認倒楣──他們打的就是這種算盤。

「總之你就是想裝傻到底就對了。」

真奧皺起眉頭，語氣也變得激動了起來。

「請問您這是什麼意思呢？這筆交易是在雙方同意下成立的，而且也有留下像這樣的明細。我們不記得有賣不良品給您。」

「什麼叫做雙方同意下的交易啊。居然使用這種欺騙人的手段，哪有笨蛋會在盛夏時買羽絨被來蓋啊！」

「……我說啊，那個笨蛋不就在您家裡嗎？」

九流突然改變了語氣。

原本看似穩重的表情瞬間扭曲。

「基本上您自己也承認那些東西是買來的吧？我們只是帶商品過去而已，又沒威脅別人一定要買。結果您卻來這裡找麻煩，這樣讓我們很困擾啊。您該不會就是所謂的奧客吧？」

「什麼？」

真奧聽了立刻起身，但九流依然若無其事地繼續說道：

「我們是無所謂啦。反正這裡不但有合約條款跟契約書，還有您家人的簽名。就連商品本身也完全沒有問題。若即使如此，您還是堅持本公司詐欺，那就乾脆提出訴訟好了。反正到時候一定是擁有確切書面證據的我方勝訴，而我們之後也將反控您是惡質消費者。這麼一來我們絕對會勝訴，訴訟費用也將全部由您負擔。這樣您也不在乎嗎？」

「可……惡……」

從對方突然擺出這種態度來看，明顯並非在經營正當的買賣。

只要冷靜思考，真奧一定也能了解九流的說法看似有理，實際上根本完全說不通。

不過真奧並沒有那個時間。

實際上他對訴訟制度根本是一無所知，而且在他忙著處理這些事的期間，蘆屋就已經回來了。

然而就算在憤怒的驅使下行動，對目前的狀況也沒有幫助。

對方並非正經的生意人，而是專門騙人的詐騙集團。

這些人根本是披著人皮的惡魔。

真奧徹底忽視自己身為魔王的事實，憤憤地瞪著對方，然而無論在與沙利葉的戰鬥中耗盡魔力的真奧怎麼瞪視，九流根本就沒將他放在眼裡。

「若您沒有其他問題了，可以請回嗎？要是您再這樣糾纏不休，我可要報警囉。」

九流裝模作樣地拍了一下膝蓋後起身。原本看似和善的女性職員，也像是為了牽制般的拿起話筒。

即使再繼續爭論下去，真奧也不認為對手會讓步。不過若就此離開，就等於是直接向對方

認輸了。

然而要是再繼續糾纏不休，別說是警察了，對方或許會叫更危險的人出來也不一定。

前陣子才因為戰鬥而耗盡魔力的真奧，現在就只是個普通的年輕人而已。

「有本事的話，就直接報警啊。」

就在這個時候——

無論真奧、九流，還是女性職員，都回頭望向那位開門說話的人物。

一看見來人的身影，真奧差點大喊出聲。

「咦……」

「請便啊！要叫警察來也無所謂喔！」

打斷真奧的話頭，並堂堂與九流對峙的，是照理說應該不可能出現在這裡的人物。

來者正是惠美。

「妳、妳是誰啊。」

「我嗎？我是正義的夥伴。」

「啊？」

九流對惠美貼切的自我介紹嗤之以鼻。

「所以呢，你到底要不要報警？」

「……」

這次換惠美對毫無動作的九流與女性職員回以冷笑。

「真是的，明明就因為做了不少虧心事而沒膽量報警，居然還敢用警察來威脅別人。」

「……我說啊，雖然我不知道妳是誰，但要是太瞧不起人，可不是鬧到警察那裡就能了事喔？啊啊？」

九流開始發出比面對真奧時還要低沉的聲音。不過，惠美當然不會因為這點程度的恐嚇就動搖。

雖然不曉得九流所說的「比警察還有威脅性」的對象是什麼樣的人物，但若只是普通的日本人，如果沒有等同於自衛隊基地總動員的戰力，應該也無法與惠美抗衡吧。

「……喔，這間公司，居然會冷不防地對訪客出言恐嚇呢。有好好拍下來了嗎？」

惠美從口袋裡拿出事先開啟了錄影功能的手機。

而從話筒裡傳出來的——

『嗯，非常清楚。』

居然是千穗的聲音。

「什麼……！」

「所以呢？你到底要不要報警啊？」

惠美露出不懷好意的笑容質問九流。

「不過若你打算報警，我就會將那個男人來這裡後的所有錄音都交給警察。」

「……」

「妳、妳什麼時候……」

完全沒想到惠美居然跟蹤自己的真奧，說出了在場所有人的心聲。

在與那位奢華某某公司的員工互瞪了一會兒後，先讓步的人是惠美。

「……好了，回去吧。」

「咦？」

真奧驚訝地回答。

「就算繼續留在這裡，這些人也不會認真回應你吧。我們就按照對方的希望，訴諸法律途徑解決吧。」

「喂、喂，惠美。」

真奧慌張地追著快速離開公司的惠美。

感覺背後，似乎傳來了奢華某某公司的員工們陰暗潮濕的視線。

「鈴、鈴乃？」

走出大廈後，真奧發現居然連鈴乃都等在那裡。

似乎早就知道這件事的惠美走向鈴乃——
「拜託妳囉。」
簡短地說道。
「嗯。」
像是與真奧等人交替般，這次換鈴乃走進了大樓。
然後她不到一分鐘就回來了。
「怎麼樣？」
「沒問題。」
尚未進入狀況的真奧望向鈴乃。
「……唉，簡單地說……」
「啊？」
「你們那點小聰明，早就被艾米莉亞跟千穗小姐看穿了。」
「什麼？」
真奧不自覺地看向惠美的臉，發現後者正以非常尷尬的表情雙手抱胸，將頭偏了過去。
「雖然一開始……那個，我什麼都沒想就直接發脾氣了……」
「咦？」

「不過我後來仔細回想，那個……為什麼你當時能毫不猶豫地來到都廳，然後……」

「什、什麼啦，我聽不清楚。」

「所、所以說！雖然很不情願，真的很不情願，而且我也不認為你們一開始是為了這個目的才裝上去的，但就結果而言，我還是因此得救了，所以我才去向路西菲爾道歉！沒想到後來居然發生了這種莫名其妙的事……」

「喔，原來如此……」

「光、光是欠你們人情，就已經讓我覺得很不舒服了，要是還恩將仇報，可是會有損勇者的名聲！所以要是能幫你們擺平這件事，創造出超過四萬圓的經濟效益，這樣就真的是一筆勾銷了吧？」

「我是覺得沒到經濟效益那麼誇張啦……不過既然妳願意幫忙，那就先謝啦。真是不好意思。」

「知、知道就好。」

「啊，對了，雖然有點多管閒事，但我有一件事情想拜託妳。」

「這才不是多管閒事！我只是還你們人情而已！那麼，是什麼事情？」

真奧發自內心地對滿臉通紅的惠美低頭說道：

「等這件事全部解決之後……請對蘆屋保密，鈴乃也拜託了！因為只要跟錢的事情有關，那傢伙真的很恐怖！」

這項真摯的請求，實在不像惡魔之王會提出的內容。

惠美與鈴乃聽了之後，也以一副打從心底感到啞然的樣子嘆了口氣。

※

「啊，歡迎回來……真奧哥，你沒事吧？」

回到公寓之後，千穗已經待在電腦前面了。

「啊，嗯，不過小千為什麼會……」

「先別管這件事，你看這個。」

「咦？」

千穗稍微操作了一下電腦後——

『您知道滅火器的設置基準嗎……』

「這、這聲音是？」

從電腦裡播放出來的，居然是九流那討人厭的聲音。

不只如此，雖然隔著那公司的玻璃門，但還有一段能明顯辨識出真奧與九流面孔的影片。

「嗯，拍得還不錯嘛。」

「惠美……這是……」

「事情的經過，我大致從那個連自己家都保護不好的自宅警備員那兒聽說了。」

「……」

漆原像是在忍受屈辱般，安分地待在房間角落。

「由於時間緊迫，雖然手段有點強硬，但有必要收集一些必備的資料。」

「不過妳是怎麼弄到這個影像的？」

「感謝資訊科技的進步吧。我是透過手機的Skyphone應用軟體，將傳送的影像跟聲音記錄到這臺電腦裡。」

「Skyphone……是漆原灌在電腦裡的電話功能嗎？」

「沒錯。雖然這臺電腦很舊讓我有點不安，但看來那傢伙也不是白白整天黏在電腦旁邊，有好好地在維護呢。」

Skyphone就好比利用網路連線的電話，是一種搭載於最近的先進資訊終端——薄型手機——略稱「薄型機」裡面的應用軟體。

視使用環境而定，只要有攝影功能，也能做到類似視訊通話的事情。

「聽起來不像是稱讚呢。」

連自己家都保護不好的自宅警備員悶悶地說道。

「哎呀，人家難得誇獎你耶。」

惠美挑起單邊眉毛，從千穗肩膀上方看向電腦螢幕。

「而且還有這種東西呢。」

千穗操作電腦，按下一個真奧完全不曉得意思的圖示。

「幸好漆原先生平常是個不會好好整理東西的人。因為自動登入功能開著，所以有拍下了昨天公寓前面的影像喔。」

「所以我就說聽起來一點都不像是稱讚啊！」

「不，剛才那本來就不是在稱讚你吧。」

跟真奧一樣不懂電腦，坐在房間正中央的鈴乃低聲說道。

「公寓前面的影像……是那個攝影機嗎？」

真奧指向漆原以前擅自買來裝設在窗邊、除了監視外面以外一點用也沒有的網路攝影機。

雖然是模糊的黑白畫面，但那的確是從魔王城窗戶俯瞰外面馬路的影像。

一位穿著西裝的男子，從一輛停在路邊的營業用廂型車的副駕駛座下車。

「啊！那不是九流嗎？」

男子下車後，便從車廂裡搬出裝著似曾相識的羽絨被與淨水器的箱子，而那道身影，正是

照理說應該擔任退貨負責人的九流。

「總而言之，對方一開始就是打算來強迫推銷的。宣稱自己是來收購，謊報來訪目的進行逐戶推銷的生意手法，可是被禁止的呢。」

「是、是這樣嗎？」

「推銷就說推銷，收購就說收購，法律規定業者有明示這點的義務。就這次的情況而言，由於業者沒有事先表明收購以外的商業目的，因此正好能作為對方打從一開始就是想來賣東西的證據……要是能拍到車牌號碼就更好了。不過既然臉拍得很清楚，這樣應該就行了吧。」

「不、不過，妳怎麼會知道這些事情啊？」

惠美像是在闡述常識般若無其事地說道：

「關於電話買賣，可是有許多嚴格的規定呢。我們雖然只負責接電話，不能進行販賣或推銷，但還是有經過大概的研修。」

惠美與真奧不同，對日本的資訊通信技術擁有豐富的知識，這主要是因為她在日本的職業，就是擔任手機公司docodemo的電話客服人員。

「日本真好，居然能讓人留下這麼明確的證據。要是也能像這樣，讓西大陸的地方祭司跟商會的貪污留下證據就好了……」

鈴乃在聽了真奧與惠美的對話後感慨地說道，然而對這句話有所反應的卻是漆原。

「咦，可是遊佐，雖然妳剛才有提到要訴諸法律途徑，但我記得偷拍的影像或照片，不是不能拿來當成證據嗎？這樣不會反而害我們這邊被別人責罵嗎？」

「那只是在訴訟時不會被當成證據而已。」

千穗看著電腦螢幕說道。

「而且這雖然是暗中拍攝的影像，但只要是出於自衛目的，而非為了實施不法行為或侵害個人隱私，就不算是偷拍。此外若這間公司真的有在從事不正當的生意，就算不是『證據』，也能讓警察當成『搜查資料』活用。」

「真不愧是警官的女兒呢。」

這些與高中女生不相符的知識，讓惠美感嘆地說道。

「這、這不算什麼啦……還有……雖然我之前就一直很在意——」

千穗害羞地回頭看向漆原。

「漆原先生，到底幾歲啊？」

「咦？」

「那個，我指的不是惡魔或墮天使之類的年齡，而是在日本的情形……」

「嗯……我是幾歲來著？」

漆原抬頭仰望魔王城的代表。

漆原半藏這個名字，是他開始在笹塚的魔王城定居時，由真奧替他想出來的姓名。

「因為你看起來像個小鬼，所以我記得戶籍上是幫你登記十八歲。」

為了在日本正常地生活，無論真奧、漆原，還是蘆屋，都有登錄戶籍並進行住民登記。

雖然這是他們決定於日本生活時，利用催眠魔法所取得的戶籍，但要是沒登記這些資料，根本就無法在日本過基本的生活。

「實際上是個小孩子呢。」（註：日本的成年定義是年滿二十歲以上的人）

「是小孩子沒錯。而且千穗小姐還比他成熟好幾倍呢。」

漆原因為惠美與鈴乃的吐槽而皺起眉頭，不過千穗還是一臉開朗地說道：

「那漆原先生就是未成年人囉！」

千穗笑著拍手，而惠美也像是跟著發現了什麼似的點頭說道：

「原來如此，妳是指冷卻制度吧？」

「嗯！」

「什麼？冷卻制度是什麼意思？」

惠美替一臉疑惑的真奧解說：

「冷卻制度。簡單地說就是能在限定期間內，無條件解除已經成立的買賣契約或撤回要約的制度。特別是像訪問買賣這種交易方式，當事人往往於意思還不明確時就締結了買賣契約，所以有點類似消費者的救濟措施。其中又以未成年人契約的冷卻制度效力最為強大。監護人只要在期間內表示『我不同意』，無論什麼契約都能立刻解除。實際上在辦新手機的契約中，也有很高比例的契約是因為這個原因而被取消呢……」

據惠美所言，似乎偶爾會有想要手機的高中生，假裝已經得到父母的同意前來購買手機。

「真奧哥，你看過履歷表下面的文字嗎？好比說未成年人需要監護人同意簽名之類的。」

「嗯，這麼說來，好像的確有這種事……」

真奧最後一次寫履歷表已經是很久以前的事情了，不過印象中在他沒填的欄位裡，確實是有這樣的聲明。

「因為打工也算是正式的勞動契約啊。雖然這次的狀況有點不太一樣，但總之未成年人除了被允許得自行處分的財產以外，其他契約行為都必須取得監護人的同意。」

「不過我可不是漆原的監護人喔？而且我們的戶籍也不同，這樣也能適用嗎？」

「我不記得自己有叫真奧的爸爸。」

「我也不想要有像你這樣的小孩啊。」

兩人進行著毫無意義的爭論。

「這個廢天使，是由你負責工作撫養的吧？既然如此，那你對他而言，就是相當於監護人的法定代理人。」

「喂，艾米莉亞，妳剛才是不是有哪裡念錯啊？」

惠美無視漆原的抗議繼續說道：

「這次全部的貨款是四萬五千圓吧？這金額明顯超出了路西菲爾能夠自行處分的限度，畢竟難以想像貧窮的你們會給路西菲爾這麼多的零用錢，所以我想應該適用冷卻制度吧。」

真奧原本因為憤怒而一片漆黑的視野，突然因為惠美的話而開始變得明亮了起來。

要是能因此避免讓蘆屋生氣，或許就算要真奧稱呼千穗與惠美為女神也沒問題。

「那、那麼關於漆原買的發訊器，也能用那個冷藏制度……」

「是冷卻制度啦！網購基本上不能適用。畢竟漆原是用你這個成年人的名義刷卡，在深思熟慮之後才決定訂購的吧？只要不是完全未經使用或不良品，應該很難無條件退貨吧。」

「這、這樣啊……」

真奧聽了之後，稍微有些沮喪。

「不過多虧那個機器有順利運作，所以我跟遊佐小姐才能得救呢。」

說完後，千穗從電腦桌前起身，站到漆原面前。

「漆原先生，之前真是對不起。我明明是託漆原先生的福才順利獲救，卻還對你說了那麼過分的話。」

「……我又沒做什麼……實際去救妳的人是真奧吧。」

被人從正面低頭道謝的漆原，不知為何有些難為情地偏過頭。

「不過要是沒有漆原先生幫忙，或許真奧哥就沒辦法來救我們了也不一定。其實我跟遊佐小姐兩人，原本也打算幫忙出一些機器的錢……」

「啊？是、是這樣嗎？」

千穗出人意表的發言，讓真奧與漆原下意識地望向惠美，而後者也一臉不悅地承受了兩人的視線。

「那個小氣的艾謝爾不是什麼都沒說嗎？既然如此，那就算我們說要出錢，他也一定不會坦率收下，而且……」

惠美以與剛才不同的毅然態度看向漆原。

「雖然事實上就結果而言我的確因此得救，但路西菲爾一開始在我皮包裡裝發訊器，並非是為了這個目的吧。既然我之前已經透過教訓路西菲爾討回這筆帳了，那麼這件事就此一筆勾消。不過關於害千穗被捲入事件這點，我這邊也有責任，所以若能填補你們的損失，那我也願意義不容辭地出手相助……至於千穗則是為了報恩才協助你們。這樣就行了吧。」

儘管找了一堆亂七八糟的理由，但總之惠美與千穗都願意幫真奧與漆原的忙。

現在只要能確認這點就足夠了。

「雖然我已經知道我們這邊比較占優勢了，不過具體而言，現在到底該去找誰處理啊？警察嗎？」
真奧透過改變話題，來表示自己已經了解兩人的意思。
不過惠美與千穗一同搖頭否定了真奧的疑問。
「單就契約本身來看，並沒有涉及任何的不法行為。即使請警察介入，除非對方是非常惡質的業者，否則不可能趕在艾謝爾回來之前解決這件事。」
「那該怎麼辦才好？」
「這裡。」
千穗回到電腦前面，開啟了某個網頁。
上面顯示了一個真奧沒見過的組織名稱。
「東京都消費生活綜合中心？」

※

位於新宿區飯田橋的東京都消費生活綜合中心，是一個在星期六也有營業的設施，性質上類似獨立行政法人的東京本部。
真奧一前往那裡諮詢有關奢華某某公司的事情，立刻就有一位擁有消費生活諮詢員資格的負責人，來為他進行各項說明。

據那位自稱田村、外表溫厚的男性諮詢員所言，雖然目前已經有好幾個人來諮詢有關奢華某某公司的事情，但真奧是第一位即時帶了這麼明確的資料過來的人。

「那麼您不用擔心，我馬上去調查那間公司。」

說完這句令人放心的話後，田村諮詢員在真奧面前拿起電話，打了幾通電話給不同的人。然後……

「真是好險，差點就被對方逃掉了。」

「咦？」

「關於真奧先生這件案子的契約內容，一般只要透過冷卻制度解除契約就可以了，但保險起見，我請澀谷區負責假日諮詢的人員夥同司法書士一同前往現場，然後就發現他們關閉了事務所打算潛逃。聽說他們還請了搬家業者的貨車來呢。」

「關、關閉事務所……」

田村若無其事地說著出乎意料的話。

「這是他們的老手段了。總之先把電腦跟文件等記錄帶走，再將桌子跟櫃子交給回收業者處理，之後銷聲匿跡。若只是在雜居大樓租一層當事務所，那麼半天就能將外表布置得有模有樣，撤走時也同樣簡單。除了真奧先生的案件以外，他們一定還做了很多筆交易。」

即使田村講得非常直接，但真奧還是覺得難以想像。

奢華某某公司的內部裝潢，看在真奧眼裡就是個正式的事務所。可以預期的是對沒有魔力的日本人而言，想在短時間內設置或撤除事務所，必定需要相當的人手，而做那種生意的公司居然跟這麼多人有所牽扯，這實在讓真奧難以置信。

「以惡質業者來說，這樣的手法其實有些粗糙，所以背後應該沒有黑道在操控。即使有，像這種簡陋的末端組織應該也會被捨棄吧。而且我們也找到了真奧先生……不對，應該說是漆原先生的契約書。雖然是用信用卡付款，但因為這種業者不會有信用授權終端機，所以只有先取得文件而已。他們好像尚未提交給銀行，因此基本上還沒進入撥款程序。真是太好了呢。」

若惠美跟千穗是女神，那麼此時在真奧眼中，田村就像是降臨日本的救贖之神。

「不過，我的同事們說了一些奇怪的話。據說業者本來打算逃跑，但卻打不開公司的門窗。諮詢員趕到現場時，搬家業者似乎正打算敲破玻璃門呢。」

「他們打不開門嗎？」

這麼說來，真奧走出那棟大樓時，鈴乃曾接著他進入樓內。從鈴乃事先已經和惠美商量好來看，或許是她為了防止那些人逃亡，而施了封印術也不一定。

「雖然這間公司應該會被下達停業的行政處分……不過他們大可藉機宣布倒閉，然後學不乖地在別處另起爐灶吧……」

田村以嚴厲的眼神，盯著真奧說道。

「這次真奧先生順利取回損失，而且交易對象也確實是惡質業者。不過從最近的匯款詐騙事件也能得知，只要被害人不多加小心警惕，這種手法一定還會層出不窮。至今前來諮詢這間公司的幾乎都是老年人，真奧先生還年輕，誰也不能保證下次還能平安無事，請您之後也要多加注意。」

就只有這次，實際年齡已經超過三百歲的真奧沒有對「年輕」這個字眼產生反感。

對只與惠美跟鈴乃這類擁有神聖力量的安特．伊蘇拉人，或是千穗跟打工處的上司木崎這些人格正直的人類來往的真奧而言，日本居然也有充滿惡意與欺瞞的人類存在這點，讓他感到十分驚訝。

看來身為魔王的自己，還有許多未知的事情。

「我會銘記在心。真是太感謝你了。」

真奧低頭道謝。

「話說回來……」

然後說出從他來到消費者中心之後，就一直感到不安的疑問。

「請問這裡會收處理費或諮詢費之類的費用嗎？」

田村微笑地搖頭。

「視案件而定，若有必要介紹律師或司法書士，那麼這些服務的確有可能收錢，不過這次是他們自己主動出擊快速解決，所以不會產生這方面的問題。這裡是透過稅金在運作。要是以後還有什麼問題，我會將自己登錄為真奧先生的負責人，請您別獨自承擔，隨時都能放心地過來找我商量。」

儘管平日總是因為必須扣繳住民稅而感到憂鬱，但此時真奧首次打從心底覺得幸好自己平常有好好繳稅。

※

「將來我想把那位姓田村的諮詢員，招攬來魔王軍。」

「你是笨蛋嗎？」

在已經被整理得乾淨俐落的魔王城內。

惠美刻薄地回應真奧。

真奧回到家後不久，澀谷的諮詢員就帶著九流過來，把羽絨被、滅火器與淨水器帶回去。

在讓他們進屋前，真奧試著先與之前的田村諮詢員聯絡——

『請放心。事先確認是一個很好的心態。請您將來別忘了這分謹慎。』

然後就被稱讚了。

明明早上才擺出那麼具攻擊性的態度，在諮詢員面前的九流卻宛如完全忘了這回事般，和藹可親到讓人覺得詭異的程度。

相關文件在經過真奧等人確認後遭到銷毀，而報紙也在向業者抗議後，來了一位事務所長為強迫推銷的事情道歉，魔王城前所未有的危機——真奧與漆原被蘆屋殺掉的危機，就這樣解除了。

「各位真的幫了大忙呢！惠美、小千、鈴乃，謝謝妳們！喂，漆原！」

「啊，嗯，那個，謝謝唔哇！」

「把頭低下去一點啦，笨蛋！」

真奧用力將隨口敷衍的漆原的頭給壓了下去。

「不、不用這麼客氣啦……不過，幸好有幫上忙呢。」

千穗慌張地笑著點頭。

「唉，不過水果就沒辦法退了，看來只好當作是這次的學費。」

「嗯，就是說啊。」

水果的總金額大約是一千圓，因此真奧決定留下來當作是這次的教訓。

「要吃嗎？」

「我才不要，看起來又不好吃。」

「我、我也不用了。」

真奧試著提議，但兩人馬上乾脆地拒絕。

「所以我不是說過了，這價格跟品質根本就不相符。如果不想被罵，你們最好趁艾謝爾回來之前把這些水果吃光比較好。」

真奧遵從鈴乃的建議，無奈地開始削起了品牌不明的梨子。

「話說回來，為什麼會有人想做這種事啊？」

真奧一面吃著如鈴乃所言沒什麼水分的梨子，一面低聲嘟囔道。

「什麼嘛，你明明是惡魔的頭子，居然還覺得人類幹的壞事很稀奇？」

「惡魔才不會做這麼陰險的事情。基本上交易的概念在魔界並不普遍，惡魔做的壞事應該會更直接簡單。沒想到……」

真奧回想起九流的臉孔。

「居然會有那種繞圈子騙取人類同伴的錢財，還能若無其事地笑著的傢伙呢。」

「人類並非一定是善類。只要當上聖職者，就算不願意也會了解這點。」

鈴乃如此說道。

「即使如此，我們在立場上還是得平等地看待所有生命。若那位名叫九流的男人，被入侵安特．伊蘇拉的惡魔所殺……那他就會變成應該獲得救贖的可憐被害者。真是沒完沒了。」

鈴乃低喃完後，像是發現了什麼般的抬起頭。

「即、即使如此，也不代表我承認你們存在著道理或正義喔！你可別誤會了！」

「我知道啦。」

真奧露出苦笑。

「明明大家一開始都是小嬰兒或小孩子……到底是哪裡走錯了呢……」

千穗寂寞地說道。

「……這個嘛，我也不曉得呢。不過還是有很多沒誤入歧途的人。雖然有能在一瞬間創立那種公司的人，但也有像田村先生或剛才那位澀谷負責人一樣，為了其他人而持續看著社會黑暗面的人存在。人類的世界真是不可思議。反倒是魔界要來得單純多了。」

「嗯，這點我也同意。」

漆原難得正經地肯定真奧的話。

為了慶祝脫離危機，當晚由鈴乃掏腰包，在附近的肉店買了廣受好評的炸豬排回來替晚餐加菜。

星期天一大早就要去打工的真奧，嚴命漆原將大門鎖緊，還有就算露骨也沒關係，一定要假裝沒人在家。

重新向同樣來上班的千穗道過謝後，真奧在晚上六點與又帶了親手做的料理過來的千穗一同下班，回到了魔王城。

「喔！蘆屋，你回來啦！」

「蘆屋先生！歡迎回來！」

此時蘆屋已經回到家了。

「佐、佐佐木小姐？」

鈴乃拍了一下因為沒想到千穗會來、而顯得有些狼狽的蘆屋肩膀。

「你為了賺那四萬圓而外出工作的事情，早就被千穗小姐發現了。放棄吧。」

「什、什麼？是這樣嗎？」

「蘆屋先生，對不起。那些錢都是為了救我……」

「啊，不，所以說那個……」

「放心吧，詳情我都聽真奧哥說了。所以至少請讓我向蘆屋先生跟漆原先生道謝吧。」

仔細一看，千穗帶來的便當盒裡，裝的居然是三條烤鰻魚。

由於千穗不可能自己去河裡抓鰻魚，因此應該是特地去哪裡買來的吧。雖然怎麼看都不像是便宜貨——

「至少讓我盡這一點心意吧！」

不過千穗頑固地不肯退讓。

拗不過她的三位惡魔只好心懷感激地享用鰻魚。

「對了，到底蘆屋先生是去做什麼工作啊？」

千穗的問題，讓蘆屋露出有些陰暗的表情。

「……說來慚愧……」

蘆屋低著頭坦白回答：

「我去了某間升學補習班……」

「補、補習班？」

這出乎意料的回答，讓真奧、漆原以及鈴乃都嚇了一跳。

「他們讓我參加了一場學力強化集訓。」

「讓蘆屋先生，參加？」

「是的，以講師的身分……」

「講師？」

這次所有人都大吃一驚。

「話雖如此，但我並非單純在黑板面前講課。而是作為口說教師，協助學員練習英文的聽解與發音……」

「喔、喔，這樣啊……」

真奧理解似的點頭。

雖然不知道惠美的情況如何，但真奧與蘆屋在來到日本幾天後，就不靠魔力學會了日語。在那之後，兩人因為認為語學知識有助於錄取正職，而認真學習了一段時期，但蘆屋的語言能力似乎已經提升到足以應付教育現場的需求。

「雖然身為惡魔大元帥，居然得將自己的能力用來培育敵對的人類，實在令人難以忍受……不過這也是無可奈何……」

「只不過是換個說法，就會變成那樣嗎？」

鈴乃疑惑地說道。

「喂，蘆屋。」

「是……」

「這有什麼關係。」

「……咦？」

蘆屋因為真奧出乎意料的回答而抬起頭。

「感覺要是由你來指導，那些孩子一定不會走上錯誤的方向。若下次還有這種工作機會，你就過去吧。」

「是？呃……不過我想應該沒那麼多機會……」

驚訝的蘆屋低聲向身邊的漆原問道：

「路西菲爾，魔王大人到底發生了什麼事情？」

「誰知道？跟平常一樣只是心血來潮吧。」

不過漆原當然不予理會，頭也沒抬地只顧著吃鰻魚。

明明是這次的元凶、卻還是一樣厚臉皮的漆原，突然抬起沾著飯粒的臉看向蘆屋說道：

「啊，不過……」

「嗯？」

「蘆屋，原來你總是在跟非常強大的敵人戰鬥呢。」

「啊？」

蘆屋疑惑地回答。

真奧看著那樣的兩人說道：

「吶，小千，以後我們還是一樣，要致力於正當的生意啊！」

「嗯！」

千穗以活力十足的笑容點頭。

「明明是魔王，囂張個什麼勁啊……」

鈴乃的嘟囔聲，還是一樣沒傳進任何人的耳朵裡便消散在空氣中，惡魔、聖職者以及人類的晚餐，依然平穩地持續下去。

※

上完星期天的班、回到永福町公寓的惠美看向時鐘，思索著現在差不多是艾謝爾回到魔王城的時候。

思及此處，惠美便發現目前在Villa・Rosa笹塚的居民中，她只知道魔王的電話，這樣實在是非常麻煩。

若鈴乃打算久居日本，最近還是找個時間建議她去買手機好了——睽違了數日，惠美重新勉強自己從討伐魔王的觀點進行思考。

「哎呀？」

此時公寓的對講機響起。

「請問是哪位？」

惠美下意識地接起來後，附螢幕的對講機映照出公寓大廳的影像。

一位帶著平穩笑容的西方男性站在那裡。

此外不知為何，他的手上還拿著一本皮革裝訂的書籍。

惠美有股不好的預感。

而她的預感也確實靈驗了，螢幕內的西方人吸了一口氣說道：

『請問妳相信神嗎？』

「不用了，謝謝！」

惠美大喊，並用力掛上了對講機的話筒。

真是的，一下子是魔王城遇上強迫推銷，一下子是有人若無其事地來勸聖劍勇者信教，這個國家真的令人難以預料。

惠美生氣地喊了聲：

「去沖個澡好了。」

然後就為了洗掉工作的疲勞與內心的不滿走向浴室。

——完——

魔王，撿了棄貓回家

盛夏的某一天，雲層心血來潮地覆蓋東京的天空，緩和了東京炎熱的暑氣。

只要稍微打開窗戶，流進來的清爽微風就會逐漸為室內帶來涼意。

其實即使不用開窗，外面的空氣還是會從蓋在牆壁大洞上的塑膠布間隙入侵，但這裡的居民刻意無視這點。

在這個寂靜的夜晚。

惡魔大元帥艾謝爾——蘆屋四郎的耳朵，敏銳地察覺了主人的歸來。

主人通勤用的自行車杜拉罕二號的剎車聲、替那臺自行車蓋上防雨布的聲音，以及為了避免跌倒而謹慎地走上樓梯的腳步聲。

蘆屋端正姿勢，為了迎接主人返家而跨步走向玄關。

門打開之後，出現在那裡的……

「……魔王大人。」

是他那曾經為了打造一塊屬於惡魔的樂土，而率領魔界軍隊征服異世界安特．伊蘇拉的主人——魔王撒旦真奧貞夫的身影。

無論怎麼看，真奧都只是二十出頭的人類青年，因此從他身上完全感覺不到魔王的威嚴。

然而只要魔力恢復，他就會化身為令生者無不為之顫抖的恐怖魔王。

此外那位穿著UNI×LO舊連帽T恤的魔王，懷裡居然抱著一個令人難以置信的「東西」。

「……喵——」

「那個東西」發出微弱的叫聲。

真奧攤開連帽T恤後，便露出一隻銀色的小貓。

「……」

「……」

主人與部下在玄關前互望了一會兒。

接著主人那方不知為何邊窺探部下的表情，邊戰戰兢兢地開口說道：

「因、因為牠在垃圾場裡發抖……」

「請把牠放回原來的地方。」

真奧還來不及說完，就立刻被蘆屋打斷。

真奧回頭看向背後漆黑的夜色，生氣地抗議道：

「你是惡魔啊！」

「是惡魔沒錯，那又怎樣。」

「哈、哈、哈、哈啾！」

另一位同居人墮天使路西菲爾亦即漆原半藏，打了一個大大的噴嚏，讓真奧懷裡的小貓嚇得震了一下。

※

隔天早上，安特・伊蘇拉大法神教會的訂教審議官——住在魔王城隔壁的Villa・Rosa笹塚二〇二號室的克莉絲提亞・貝爾亦即鎌月鈴乃，因為聽見某個不尋常的陌生聲音而醒了過來。

「……怎麼回事？」

附近傳來了一道動物的叫聲，而且那恐怕是貓的聲音。

在這個年頭，難得有像Villa・Rosa笹塚這種四周搭了圍牆並附設庭院的公寓，因此這裡偶爾會有野貓經過。

不過打從鈴乃在這裡生活開始，她從未看過有貓在公寓附近起爭執，或許是貓不喜歡院子裡的雜草，所以鈴乃也不曾為野貓們的排泄物煩惱過。

「……？」

鈴乃離開棉被，換上平常充當便服的浴衣，然而即使是在她摺好棉被準備做早餐時，貓的叫聲仍舊沒有平息。

她試著從窗戶探出頭，但視野內並沒有發現貓的身影。

該不會是有不合時節的野貓，在某個看不見的地方生了小貓吧。

此時——

「貝爾？是我，不好意思一大早就來打擾。」

某人敲了玄關大門，鈴乃聽見外面傳來一道熟識的聲音。

「艾米莉亞？有什麼事嗎？」

鈴乃用圍裙擦乾手，同時走出門外。

「抱歉，一大早就跑過來。我有東西要給妳。」

「有東西要給我？」

抱著紙袋的安特．伊蘇拉勇者艾米莉亞．尤斯提納亦即遊佐惠美，正站在那裡。

「我從艾美那裡收到了一些追加的新聖法氣飲料，所以才想分一些給妳。」

「這還真是不好意思。」

儘管惠美與鈴乃都曾靠法術度過了許多危機，不過兩人在日本並無法自然補充法術的能量來源——聖法氣。

多虧惠美過去的旅伴艾美拉達．愛德華，偶爾會替她送能夠補充聖法氣的飲料「保力美達β」過來，惠美與鈴乃目前才能在這裡安然地活動。

「妳接下來要去上班嗎？」

「不……」

惠美一臉憂鬱地看向隔壁房間的大門。

「今天是約好要讓阿拉斯・拉瑪斯跟『爸爸』一起玩的日子。」

「……」

鈴乃一聽見這句話便啞口無言，同時發現關鍵的人物居然不在此處。

「那阿拉斯・拉瑪斯呢？」

「……她因為太過期待而起了個大早，結果現在睡著了。」

說著說著，惠美指向自己的頭部。

勇者艾米莉亞的聖劍目前已經與阿拉斯・拉瑪斯融合，而後者正是位於安特・伊蘇拉的天界，用來構成世界的球體——「質點」的其中一塊碎片，變成小孩子實體化後的存在。

阿拉斯・拉瑪斯不知為何，堅信勇者與魔王是自己的「媽媽」跟「爸爸」。

由於在與惠美融合後，便不能離開她一定距離的阿拉斯・拉瑪斯非常喜歡「爸爸」，因此惠美只好每隔一段時間就為了「女兒」拜訪魔王城。

畢竟阿拉斯・拉瑪斯只要在融合狀態時哭鬧，惠美就會因為腦中響起只有自己聽得見的哭聲而困擾不已。

雖然融合狀態的確很方便，但惠美最近開始覺得或許盡量解除融合來照顧小孩，反而會比較輕鬆也不一定。

鈴乃忍不住同情起必須像個調解離婚後的單親媽媽般，與魔王周旋的惠美。

「哈啾！」

「「？」」

就在這時候，一道響亮的噴嚏聲讓鈴乃與惠美嚇得縮起身子。

「……剛才那是路西菲爾的聲音吧？」

惠美因為這個徹底破壞晨間清爽氣氛的噴嚏，用力皺起眉頭。

「那一頭好像很吵呢，發生什麼事了嗎？」

Villa・Rosa笹塚二〇一號室的牆壁，在一場圍繞著阿拉斯・拉瑪斯的騷動中開了一個大洞，即使目前用了塑膠布塞住，屋內的聲音還是會傳到外面去，而今天聽起來更是格外吵鬧。

「不曉得，從早上開始就一直是這樣。該不會是因為昨晚太冷而感冒了吧？」

雖然這實在不像是勇者與聖職者針對魔王城進行的對話，但下一道傳來的聲音，可就真的讓兩人驚訝地睜大了眼睛。

「喵！」

「咦？」

那是鈴乃從起床後就一直聽見的貓叫聲。在兩人無法掌握狀況的這段期間，魔王城內的騷動依然持續加劇。

「啊！牠跑走了！漆原！抓住牠！」

「不可能啦！喂、喂，別過來！哈、哈、哈啾！」

「可、可惡，不過是隻小動物，居然還敢反抗！給我安分一點！」

隔壁不斷傳來魔王、惡魔大元帥以及墮天使大吵大鬧的聲音。

「喵、喵、喵！」

「到、到底在吵什麼啊？」

雖然不曉得為什麼魔王城裡會有貓，但從傳出來的聲音研判，真奧等人似乎正被神祕的貓咪搞得手忙腳亂。

過不久——

「呼、呼！總算逮到你了！乖乖放棄吧。」

「都、都怪你一直反抗……」

「隨便怎樣都好，快點想辦法處理那傢伙啦！哈、哈、哈啾！」

屋內開始傳出像這樣危險的聲音。

「該、該不會！」

惡魔們的語氣，讓惠美與鈴乃因為想到某個可能性而互望了一眼。

現在的真奧等人在經濟方面，窮困到讓人難以想像是曾支配過鈴乃的故鄉——安特．伊蘇拉全境的魔王軍。

雖然這些惡魔勉強遵守日本的規矩，透過工作賺錢餬口，但是他們目前的生活絕對稱不上餘裕。

該不會真奧等人，終於決定要打破禁忌了吧。

換句話說，他們打算抓野生動物來充飢。鈴乃腦中浮現出就某方面而言，的確很符合惡魔印象的畫面。

以魔王城的經濟狀況來看，根本就不可能做出養寵物這種無謀的舉動，更何況直到昨天為止，鈴乃都完全沒發現類似的跡象。

惠美與鈴乃的腦中，瞬間閃過恢復成惡魔的真奧從小貓的頭開始啃食的血腥影像，然後下一個瞬間，兩人便開始採取行動。

「魔王！」

鈴乃站在隔壁二〇一號室的門前大喊，同時拔出髮簪施展法術——武身鐵光。

緊接著鈴乃的玻璃髮簪，瞬間就變成了一支足以將Villa・Rosa笹塚的梁柱基礎整個粉碎的巨槌。

「鈴、鈴乃？」

從真奧的聲音判斷，他似乎聽見了鈴乃的呼喊。

「魔王，快把這扇門打開！你們的行為實在是不可饒恕！居然想抓野貓來當食物，你這樣還稱得上是魔王嗎？」

「什、什麼意思！話說妳聲音太大……」

鈴乃完全不聽真奧解釋，就直接轉動門把，但門理所當然地上了鎖。

「快將門打開！把貓給放了！」

「貝爾！我要進去妳房間囉！」

相對地，惠美則是走進鈴乃的房間，從開著的窗戶鑽了出去。

看來她是想從外面透過窗戶入侵魔王城。

以現在的社會情勢，要是有路人因為看見這幅場景而報警，她可就百口莫辯了。

「天誅！」

惠美發出危險的叫喊聲，漂亮地從外面的窗戶跳進了魔王城。

「哇？咦，惠美？妳是從哪裡跑進來的啊？」

站在惠美面前的，是正抱著小貓的真奧貞夫。

「廢話少說！居然想抓野貓來吃，你這樣還算是魔王嗎？真是太難看了！」

就在惠美舉起正義之劍，並為了阻止真奧等人的暴行而吸了一口氣後，她終於發現了。

「我知道妳們誤會得很嚴重！不過這傢伙好不容易才安分下來！拜託妳們安靜一點啦！」

惠美原本以為惡魔們正準備要把小貓大卸八塊。

然而映入她眼簾的，卻是拿著滴管想撬開小貓嘴巴的真奧、拚命打掃灑落在地板上散發甜味的白色粉末的蘆屋，以及縮在房間角落紅著鼻子淚流滿面的漆原。

「……這是……怎麼回事……」

搞不清楚狀況的惠美還來不及說完——

「妳看了還不知道嗎？」

用濕抹布擦著白色粉末的蘆屋便生氣地大喊。

「呃，那個……」

惠美維持高舉聖劍的姿勢僵在原地。

「看起來像是在打算替小貓餵奶時，抵抗的小貓將奶粉弄倒四處逃竄，於是你們抓住牠打算強迫牠喝……的樣子呢。」

仔細分析完眼前的光景後，惠美確信自己的推測沒錯。

「知道了就快點回去啦！現在我們可沒那個閒工夫理妳！」

「蘆屋，別叫那麼大聲啦！要是牠又嚇到怎麼辦……喔，牠總算願意喝了。」

被真奧抱在懷裡的銀色小貓，總算放棄似的開始含起了滴管。

「沒錯，要是一開始就乖乖喝，就用不著害怕了嘛！真是的……」

儘管嘴巴不饒人，但真奧還是小心地握著滴管，以免牛奶從小貓的嘴角滴下來。

「很好，既然喝完了，那就回去吧！」

說完後，真奧將小貓放回位於房間角落的大型紙箱裡。

「那、那隻小貓到底是從哪裡來的？你們真的沒打算吃牠嗎？」

「妳啊……到底把我們當成什麼了。」

「是惡魔吧。」

「是惡魔呢。」

「哈啾！」

其中一位惡魔，又再度打了一個讓人驚訝的大噴嚏。

「艾米莉亞！艾米莉亞，妳怎麼了！發生什麼事了！喂！」

「…………」

鈴乃在玄關外面敲著門大喊，若繼續置之不理，或許她就要破門而入了。

「……真是的，一大早就這樣。」

就在真奧嘟囔著準備打開玄關時——

「魔、魔王大人，那裡還沒……………！」

蘆屋的警告未能生效，真奧已經一腳踏上了還來不及擦掉的奶粉。

為了說服對自己投以懷疑視線的鈴乃，真奧開始說明昨晚的事情。

「像昨天那麼冷的晚上，要是放著這個小不點在外面不管，那牠或許會凍死也不一定耶。當時又沒有其他人在，把牠撿回來也是人之常情吧。吶，阿拉斯・拉瑪斯。」

「喵喵！」

真奧與坐在惠美腿上的阿拉斯・拉瑪斯對上視線。

雖然阿拉斯・拉瑪斯因為惠美揮動聖劍而醒了過來，但她似乎一看見小貓，就將被吵醒的不悅全都拋到腦後了。

「喵喵！喵？我要看。」

惠美將吵著想看貓的阿拉斯・拉瑪斯壓在腿上。

若讓出手不知輕重的小孩子跟這種小貓玩，或許會害小貓受傷也不一定，反過來說，小孩子這邊也可能會因為遭到反擊而受傷。

「人之常情這種話，應該輪不到你這個魔王說吧。」

惠美安撫著坐在自己腿上、不斷想靠近小貓的阿拉斯．拉瑪斯，同時露骨地皺起眉頭。

「不過……說的也是。那種狀況也許的確是沒辦法。」

將巨槌變回髮簪後，便俐落地插回頭上的鈴乃窺探著紙箱內部。

在鋪了舊毛巾的簡單睡床中，一團銀色的毛球正擺動著短短的腳，在箱子內四處走動嗅來嗅去。

也不知道是對什麼感到在意，小貓一下使勁用鼻子撞著箱子角落，一下又突然凝視著什麼也沒有的空中，儘管完全無法預測，但牠的一舉一動實在是可愛得讓人受不了。

「鈴乃，妳的嘴巴開著耶。」

「啊！」

不自覺看得入迷的鈴乃恍然抬頭。

「哼，居然露出那種一點都不像是聖職者的蠢表情。妳跟阿拉斯．拉瑪斯同等級啊。」

鈴乃紅著臉無視總算收拾完地上奶粉的蘆屋的揶揄，刻意壓低聲音威嚇般的對真奧說道：

「總之我知道你們並不是打算殘忍地吃掉可愛的小動物了。」

「喂。」

「爸爸，不可以吃喵喵喔！」

阿拉斯．拉瑪斯嚴厲的表情，讓真奧沮喪地垂下頭說道：

「妳看，害阿拉斯・拉瑪斯產生奇怪的誤會了吧。」

「……對不起。不過……」

鈴乃頓了一拍後，環視配置跟自己房間沒什麼兩樣的魔王城內部。

「你之後打算怎麼辦。Villa・Rosa笹塚禁止養寵物吧。」

「關於這件事……」

真奧因為鈴乃的指摘而苦惱地搔著頭。

坦白講，這也是昨晚主張將貓放回原處的蘆屋與真奧最大的爭執點。

即使是極度自由到沒有押金、禮金跟管理費，實際上也不收設備更新費，就連房東都經常不在的Villa・Rosa笹塚，在合約條款中也跟普通的出租公寓一樣，有一條「禁養寵物」的項目存在。

通常在「禁養寵物」這方面，房東擁有極大的裁量權，雖然有些地方允許住戶飼養小鳥或昆蟲，但基本上只要是會發出聲音與味道影響其他住戶生活，或是有損害建物現狀之虞的生物都是被禁止的。

而貓有利用家裡梁柱磨爪子的習慣這點，更是眾所皆知的事實。

「不過房東現在不是行蹤不明嗎？如果只是暫時收留牠……」

惠美以不像是勇者會有的發言慫恿真奧，但後者卻一臉苦惱地用下巴比了比牆上的洞。

「我最近因為那個洞而去找了仲介業者好幾次。」
「啊……」
若承租人的房間出現嚴重損壞，那麼管理公司跟房東隨時都有可能會來這裡察看。
更何況在那之前，由於魔王城目前的生活絕大部分是倚靠房東的恩義才得以成立，因此他們更不能違反合約條款背叛房東的信賴。
「而且還有那傢伙的問題。」
「那傢伙的問題？」
真奧指向魔王城的壁櫥。
此時惠美與鈴乃總算發現從剛才開始就一直沒看見漆原的人影。
「沒錯，我們家原本就有個吵鬧的飯桶在了。要是那傢伙變得更吵，我們可受不了啊。」
蘆屋一臉苦悶地說道。
「……哈啾！」
接著壁櫥內便傳出一道壓抑的噴嚏聲。
「漆原好像對貓過敏呢。」
「啊？」
這麼說來，今天似乎一直聽見噴嚏聲，沒想到原因居然是過敏啊。

「惡魔也會過敏嗎？」

鈴乃興趣津津地問道。

「妳也知道過敏啊？」

「別太小看人了。教會的醫院早就把這當成流行病學的一環在研究了。畢竟在安特．伊蘇拉也經常發生由蜜蜂引起的過敏性休克。」

惠美甚至還接著補充道：

「換句話說，若以後路西菲爾又想搞怪，只要找隻貓靠近他就行了吧。」

「別鬧了啦！」

漆原全力對惠美殘酷的提案表示抗議。

「別鬧了，那真的很不舒服。」

惠美在小心不驚嚇到貓的狀況下拿起紙箱靠近壁櫥，但被真奧委婉地阻止了。

「唉，總而言之，事情就是這樣，所以我們沒辦法養牠。不過房東也不是鐵石心腸，若只是在找到飼主前的這段期間照顧牠，那麼就算萬一被發現應該也能獲得原諒吧。」

「比起討好不見人影的房東，不如多關心一下我的身體吧！咳咳咳！」

真奧堂而皇之地忽視從壁櫥裡傳來的抗議。

「事情就是這樣，妳有想到什麼人能收養牠嗎？」

「……怎麼可能啊。」

突然被人這麼一問，鈴乃頓時板起了臉。

接著真奧換看向惠美，但後者也同樣皺起眉頭歪著頭說道：

「你應該知道我也是住公寓吧，所以我不能養寵物啦。」

惠美租的公寓，就在離真奧等人居住的笹塚約三站距離的永福町。

「這我當然知道，但妳好歹也是個上班族吧。難道都沒有什麼同事或朋友能養嗎？」

雖然與其說是上班族，不如說是勇者，但總之惠美的表情還是沒變。

「我想你還是別抱期待比較好。」

「真是的……等去打工後，我再試著問別人看看好了。」

惠美聽著真奧發牢騷，同時嘆道：

「不過明明有這麼漂亮的銀色體毛，又都養到這麼大了……居然還把牠丟掉，這樣未免太過分了吧。」

「嗯。」

真奧點頭回答。

「我就是因為看到牠獨自在那邊發抖，所以才無法對牠置之不理。」

「咦？」

「啊，不，沒什麼。」

惠美一回問，真奧不知為何就慌張地搖起頭來。

接著他像是為了蒙混過去般，對鈴乃雙手合掌說道：

「事情就是這樣，這陣子我們這裡可能會有點吵，請妳多多包涵啦。」

「反正你們吵吵鬧鬧的狀況又不是從今天才開始。」

「我要摸喵喵！」

此時似乎已經到達忍耐極限的阿拉斯．拉瑪斯開始踢起了腳。

「喂，讓她摸一下啦！」

「好好好。不過看這情形，她今天一整天應該都會黏著那隻小貓吧。」

放開阿拉斯．拉瑪斯後，真奧與惠美繃緊神經，小心地注意不讓她對小貓做出過於激烈的行動。

從後面看著三人樣子的蘆屋和鈴乃——

「……什麼也別說。」

「無論怎麼看都是和平的一家人呢。」

「所以我不是叫妳什麼也別說嗎？」

惡魔與人類，只能淨吵些無意義的事情。

※

隔天。

「真過分，居然把小貓給丟掉。」

在真奧打工的麥丹勞幡之谷站前店的後輩——高中女生佐佐木千穗，站在推著自行車的真奧旁邊生氣地說著。

千穗是唯一一位知道真奧、惠美以及安特・伊蘇拉真相的日本人，她在下班後，便與真奧一同前往魔王城。

除了純粹想看小貓之外，千穗也想試著尋找自己幫得上忙的地方。

「我當時也因為突然碰上這種事而焦急不已呢。」

真奧深深地嘆了口氣。

「雖然我覺得在那種情況下把棄貓撿回去的自己也有點問題，但總比把牠留在垃圾場要好多了吧。」

「啊哈哈……」

抵達公寓後，真奧嘆了口長氣。

千穗抬頭仰望那個被人硬是用塑膠布塞住的大洞，然後勉強笑了一下。

走上樓梯打開魔王城玄關後——

「喔。我回來了……咦？」

看過房間內部後，發現沒人回應自己的真奧疑惑地說道：

「奇怪，都沒有人耶。」

千穗也跟著從真奧肩膀上方窺探，發現魔王城內一片寧靜。

「……蘆屋出門買東西去了。」

「呀！」

空無一人的室內突然傳出聲音，讓千穗嚇了一跳——而那當然是壁櫥裡漆原的聲音。

「買東西？那貓呢？」

「不粗道。他好像跟貝爾梭了些什麼。」

「漆、漆原先生，你感冒了嗎？」

千穗擔心著鼻音很重的漆原。

正好就在這時候——

「魔王大人，啊，佐佐木小姐也來啦。」

話題主角的蘆屋拎著超市的袋子回來了。

「蘆屋先生，你好。」

「妳該不會是來看貓的吧？」

千穗點頭回答蘆屋的問題。

「或許我學校的朋友會有人想養也不一定。」

「這樣啊……魔王大人，非常抱歉，因為我得出門買東西，所以將貓交給貝爾照顧了。」

「什麼嘛，原來是這樣啊。」

對貓過敏的漆原根本不願意靠近貓咪，然而即使如此，若蘆屋讓貓獨自留在家裡逕自出門，難保小貓不會受傷或是破壞房間。

「那快點去接牠回來吧。都已經每天跟鈴乃借地方吃飯了，我可不想再欠她人情。」

「遵命。」

蘆屋將購物袋放進房間後，便去敲鈴乃住的二〇二號室房門。

「貝爾，是我。我來接貓了。」

「……？」

然而無論怎麼等，都沒人回應。

「怎麼了？」

「鈴乃小姐該不會在睡午覺吧？」

「不，我才離開三十分鐘左右而已，應該不至於那樣吧……嗯？」

仔細一看，鈴乃居然粗心地忘了關門。

雖然鈴乃本人怎麼樣都好，但要是讓貓逃出去就糟了。

「貝爾，我進來囉。把貓……」

蘆屋重新敲了一次門後，便直接把門打開。

然後——

「…………………………………………」

「喵、喵、喵，好軟喔。」

出現在三人眼前的是——

「…………………………………………」

「戳戳戳戳。」

正以認真的眼神反覆摸著小貓的肚子和肉墊、呼吸凌亂的鈴乃身影。

「鈴、鈴乃小姐？」

「………………………………………啊！」

正準備把貓抱起來逗牠喉嚨的鈴乃，在聽見千穗聲音的瞬間便回過神來，一發現千穗、真奧與蘆屋的存在，她的臉立刻因為與夕陽無關的理由而變紅。

「啊，不、不是！我、我……」

「喵？」

雖然鈴乃急忙將貓放回箱子，並刻意地整理了一下浴衣衣襬轉過頭去——

「鈴乃，妳浴衣的袖子上都是貓毛喔。」

「什什什什什什什什……」

但真奧指的鈴乃衣袖上，明顯黏了大量的銀色貓毛。

「不不不不不不不不不對，這這這這、這是！那個！」

「妳就這麼喜歡貓嗎……」

「我已經確實還給你們了！」

房門隨著一聲巨響用力關起，真奧就這麼抱著裝在箱子裡的貓，被趕到了公共走廊。

「哇！好可愛喔！」

一看見在紙箱內邊抽動鼻子邊睡覺的銀色小貓，千穗便壓低聲音發出歡呼。

「真的是銀色的耶，牠的毛好漂亮喔。」

除了千穗以外，真奧還另外找了打工的麥丹勞幡之谷站前店的所有員工，商量了幫貓咪找

飼主的事情。
雖然真奧原本就不認為能馬上找到人認養，但包含店長木崎與後輩小千在內，每個人一聽見領養的話題便面有難色。
因為幡之谷店的員工絕大部分都是在集合住宅獨居。
「唉……要是我爸沒對貓過敏就好了……」
看了一會兒小貓後，千穗遺憾地嘆道。
千穗家的獨棟房屋就養貓而言，算是還不錯的環境，不過千穗的父親佐佐木千一跟漆原一樣對貓重度過敏。
「都沒人知道牠的前飼主是誰嗎？」
「即使知道，我也不想讓牠回到會丟棄小貓的家。」
「說的也是……啊，好可愛喔。」
千穗的笑容從頭到尾都沒消失過。
射進魔王城內的夕陽餘暉，在銀色小貓身上反射出金色的光芒。
「嗯？」
此時在廚房的蘆屋聽見了敲門聲。
「艾謝爾。」

「怎麼了，愛貓人？」

那是鈴乃的聲音，而蘆屋難得對她揶揄了一番。

「從今天開始，你們就自己在這裡煮飯吧。」

鈴乃以低沉的語氣從外面回答。

「……艾米莉亞跟阿拉斯·拉瑪斯來了。」

「……妳等一下，我馬上開門。」

雖然蘆屋因為聽見從公共走廊傳來鈴乃的聲音而皺起眉頭，但還是打開了玄關的鎖。

就連這幅惡魔看似理所當然地招待勇者與聖職者進來家裡的光景，也逐漸變成了日常的一部分。

「喵喵！」

出現在門前的是看起來像剛下班的惠美，以及被惠美抱著的阿拉斯·拉瑪斯。

「她連在我上班時都掛念著小貓的事情，一直『喵喵』地喊個不停……」

說完與平常不同、缺乏霸氣的藉口後，惠美走進了魔王城。

「喔，阿拉斯·拉瑪斯。惠美，妳要叫她乖一點喔。因為小貓正在睡覺。」

就某方面而言，真奧會這麼提醒也很正常，但對他們來說，其實這應該算是異常才對。

不過惠美也沒特別反駁。

「要噓——喔？」

惠美一叫阿拉斯．拉瑪斯安靜，小女孩就聽話地模仿惠美將食指抵在嘴巴前面，而她的中指也被連帶牽了起來。

「喵喵在睡覺耶，妳要安靜地看牠喔。」

「嗯！要噓——喔？」

雖然不知道小女孩究竟理解多少，但總之千穗和惠美都為了讓阿拉斯．拉瑪斯看貓而讓出位置。

「喵喵，在睡覺嗎？」

阿拉斯．拉瑪斯窺探完紙箱內部後，便抬頭詢問惠美。

「對啊。不可以吵醒牠喔。」

真奧向再次對阿拉斯．拉瑪斯下指示的惠美問道：

「妳工作的地方，有喜歡貓的女孩子嗎？」

「我姑且問了一下，不過大家基本上都是住公寓，就算想養也沒辦法養。雖然我還沒把所有人都問完啦。」

惠美的工作，是負責在手機公司docodemo的客服中心接聽電話。

「這樣啊。」

真奧沮喪地垂下頭，望向齊聚在三坪大魔王城內的所有成員。

「唉，果然拜託自家人還是有極限在。」

「……喂，誰跟你是自家人啊。」

一發現真奧說的「自家人」包括自己在內，惠美的語氣忍不住變得嚴厲起來。

「有什麼關係，別在意這種小事嘛。」

「什麼叫做小事……」

儘管惠美還想繼續抗議，但考慮到阿拉斯．拉瑪斯跟正在睡覺的小貓，她還是發揮了自制心壓下怒意。

「……那麼，你打算怎麼辦？若都沒有人認養，你就要這樣一直養下去嗎？」

「就是因為辦不到，所以我才這麼煩惱啊。」

真奧壓低音量嘟囔道。

眼見真奧遲遲拿不定主意，惠美輕輕地嘆了口氣。

「既然『自家人』不行，那拜託其他人不就好了。」

「啊？」

「雖然我覺得這算是滿老舊的辦法啦！不過我還待在安特．伊蘇拉的故鄉時，經常在村子裡的教會或村長家看見有人張貼布告。」

真奧驚訝地抬起頭。

「張貼布告……」

「原來如此……只要貼在顯眼的地方，或許就能吸引路人的目光也不一定。」

蘆屋難得同意了惠美的提議。

「我也這麼覺得，所以就試著做了。」

「呀！」

從壁櫥內突然伸出一隻手，讓惠美嚇得大喊出聲。

儘管惠美馬上就發現那是漆原的手，但在夕陽映照下的公寓房間內，突然有隻手拿著一張紙從壁櫥內伸出來的光景，看起來還是十分驚悚。

「路、路西菲爾？你別嚇人啦！」

漆原一將手上的紙扔出去，就馬上關上了壁櫥的拉門。

千穗撿起那張紙後，發現那是一張貼了以數位相機拍的小貓照片、用文書處理軟體製作的簡易傳單。

「你什麼時候買了數位相機跟印表機啊？」

惠美冷冷地看向真奧。

「喔，因為我想用各種方式留下阿拉斯·拉瑪斯的照片啊。而且當時又賣得很便宜。」

「像這種舊型，不賣便宜一點才是詐欺吧。」

真奧得意地說道，但壁櫥裡的漆原卻毫不留情地吐槽。

此外惠美更想抱怨既然有錢買這些東西，為什麼不替留宿魔王城時的阿拉斯・拉瑪斯買一組棉被呢。

然而在惠美開口之前——

「那個……」

千穗困惑地向真奧問道：

「請問這個『銀舍利（註：日文中對白米飯的俗稱）』是什麼意思啊？」

「咦？」

千穗將傳單交給真奧，後者仔細一看，發現照片旁邊不知為何寫了「名字：銀舍利」這幾個字。

「這是我今天跟漆原兩個人想的。」

「……再稍微認真想一下啦！人家可是貓耶。」

這下就連真奧也忍不住對蘆屋的告白感到無力，不過蘆屋卻認真地回答：

「雖然不曉得必須照顧牠到什麼時候，但為了避免養貓的事情被房東太太或仲介業者發現，凡事還是小心為上。所以這與其說是名字，不如說是那隻小貓的代號。」

「意思就是名字啊。」

惠美小聲地吐槽。

既然所有人都已經問過別人能不能收養了，感覺事到如今就算取代號也沒什麼意義，不過就在真奧開始覺得只叫牠「貓」的確是有點不方便時——

「唉，總之先別管銀舍利這個名字。這方法還滿不錯的嘛，只要再加上一張照片並附上我的電話號碼，並註明我們正在找人認養……」

儘管是使用簡單的電腦跟印表機做出來的傳單，但上面的排版十分淺顯易懂，看起來也不是不能派上用場。

雖說是惠美跟漆原出的主意這點讓人有些不愉快，但事到如今也沒辦法再挑剔了。

不過——

「可是……這要貼在哪裡呢？」

千穗卻以複雜的表情交互看著真奧與傳單，並對在場所有人暗自想定的場所提出異議。

「哪裡啊……不能貼在電線桿上嗎？」

「我原本也是這麼想的……但好像有點不對勁呢，畢竟我很少看見有人貼失蹤寵物的協尋啟事。」

沒想到千穗會反對的惠美也忍不住如此說道。

「其實是不可以那樣做啦。」

千穗充滿歉意地回答。

「說得極端一點，若在電線桿上貼那種告示，可是會構成毀損器物罪呢。特別是東京都針對電線桿上的告示定了許多限制，所以生活安全課似乎也取締得非常嚴厲……」

「不、不過只是貼個找寵物的傳單……就構成毀損器物罪？」

這出乎意料的事實，讓真奧、惠美與蘆屋都難掩驚訝。

「當然若只是找寵物的告示，那頂多只會被警察直接撕掉，或是被人口頭警告而已……但我爸曾經說過，比起張貼告示的違法性，公開電話所造成的麻煩似乎才是防不勝防。」

「……啊……原來如此。」

若只是惡作劇電話倒還算好，但據說還曾因此發生過與失蹤寵物有關的金錢詐騙、引來跟蹤狂，或是小偷藉此闖空門的事件。

「如果要貼告示，就只能登真奧哥的電話號碼了吧？這麼一來或許又會像上次那樣引來奇怪的業者，我覺得還是別這麼做比較好喔。」

「上次？業者？那是什麼意思？」

「我、我知道了！嗯，小千說得沒錯！還是別貼告示了！嗯，放棄吧！」

鈴乃剛來的時候，漆原在蘆屋外出時曾因為被訪問買賣業者欺騙，而買了不需要的東西。

眼看這件被祕密處理掉的事件即將浮上檯面，真奧急忙大喊出聲。

「那、那個，難得漆原先生特地做了傳單，我卻潑了大家冷水……真是對不起。」

從千穗的表情來看，她似乎正為自己模範生般的發言感到後悔。

「沒關係，沒關係啦。小千說的沒錯。是未做多想就打算公布電話的我太不謹慎了。」

真奧苦笑地摺好傳單，扔進垃圾筒裡。

「呿……虧我還特地在網路上跟寵物有關的電子布告欄發表了主題……哇！」

蘆屋拍了幾下拉門，讓壁櫥裡的牢騷聲安靜下來。

「說的也是……這裡又不像我老家那麼鄉下。因為自從來到這裡後，我遇到的都是些好人，讓我忘了世界上其實什麼樣的人都有呢。」

雖然惠美也對千穗的話表示認同，然而她的發言卻讓旁邊的鈴乃驚訝地睜大了眼睛。

「艾米莉亞？」

「嗯？怎麼了嗎？」

「……啊，不，沒什麼。」

由於惠美回答得十分自然，因此鈴乃也沒辦法再繼續追問下去。

「這麼一來，就只能腳踏實地找人收養啦。」

惠美說完後，便將對「銀舍利」百看不厭的阿拉斯·拉瑪斯給抱了起來。

「啊嗯，我還要，看喵喵！」

「妳要回去了嗎？」

「因為我明天還要上班。我姑且會幫你們問一下同事，但可別抱太大的期待啊。」

「……喔，那個，謝啦。」

「那麼，千穗，我先走囉。」

「喵喵掰掰！掰掰！」

「啊，嗯，辛苦了。」

「……還有，魔王。」

「怎樣啦。」

惠美交互看了真奧與「銀舍利」一眼後，小聲地說道：

「據說即使只是照顧牠一兩天跟餵牠吃飯，還是會產生感情。而你們居然連名字都替牠取了，要是因此在替牠找到飼主後感到沮喪，我可不管喔。」

「……啊？」

「那就這樣啦。」

惠美帶著阿拉斯．拉瑪斯快速離開。

「她是怎麼啦？」

真奧歪著頭思索，不過千穗似乎對惠美說的話心裡有底，而以擔心的視線看向這裡。

千穗擔心若照顧過的小貓離開，真奧或許又會像當初不知道阿拉斯．拉瑪斯跟惠美融合時一樣，變得失魂落魄。

「真奧哥，就算找到了新飼主，你也千萬別感到沮喪喔。」

「居、居然連小千都這麼說？」

「喵。」

像是在呼應真奧的嘟囔般，箱子裡傳出小貓的叫聲。

「到底是怎麼回事啊。銀舍利，你知道嗎？」

這個瞬間，被撿回來的小貓名字就確定是銀舍利了。

※

在那之後過了三天。

真奧等人已經束手無策了。

雖然惠美跟千穗都盡可能向自己的朋友詢問了，不過都沒得到好的回答。

「連社區的人都問過了，但還是不行……到底該怎麼辦才好啊……」

作為最後手段，真奧甚至還誠懇地去拜託了賣他愛騎——杜拉罕二號的自行車店店長廣瀨，以及打工的麥丹勞常客兼同社區居民的渡邊老先生等人，但結果還是一樣。

這樣下去，或許他們真的得持續瞞著房東飼養銀舍利了也不一定。

「拜託饒了我吧！」

漆原從壁櫥裡傳出的悲鳴，已經到達了極限。

他的過敏症狀逐日惡化。

儘管最初只有打噴嚏而已，但從昨天開始，漆原不但出現了咳嗽與鼻塞的症狀，就連皮膚也跟著變得粗糙，這樣下去可就真的不是鬧著玩的了。

「喵……」

也許是心理作用，不過銀舍利的叫聲似乎也跟著變得沒什麼精神。

真奧看著箱子裡面的銀舍利。

此時，他突然覺得或許照蘆屋說的，把小貓放回原來的地方還比較好也不一定。

儘管事先並不知情，但有家人對貓過敏的地方，實在不是個適合養貓的環境。

以銀舍利稀奇的毛色，若是真的能養貓的人，一定會毫不猶豫地把牠帶回家吧。

然而另一方面，那天的氣溫極端地低。

真奧是在路上都沒人的半夜裡發現牠的，而且看在當時的真奧眼裡，發出虛弱聲音的小貓

彷彿隨時都會死去。

真奧也知道身為惡魔之王的自己居然擔心起區區一隻棄貓的安危，實在是一件很怪的事。

若當時經過的人是蘆屋或漆原，或許會對牠見死不救也不一定，而真奧應該也不會為此責備他們吧。

不過——

「我真是太天真了……居然以為只要做這點程度的事情，就能更加接近那個人。」

真奧將銀舍利的身影，與過去的自己重疊了——那個曾經在一無所知的狀態下被人像破布般捨棄、只能等待死亡降臨的自己。

「魔王大人？您剛才有說什麼嗎？」

此時去鈴乃房間燒熱水、打算幫銀舍利泡牛奶的蘆屋正好回來，於是真奧搖頭回應。

蘆屋已經很習慣餵銀舍利喝牛奶了，只見他以能讓小貓自然張開嘴巴的方式輕輕地抱起銀舍利——

「好了，銀舍利，吃飯囉。」

並在向銀舍利搭話後拿起滴管湊近牠的嘴邊。

「……銀舍利？」

「嗯，怎麼了嗎？」

真奧因為蘆屋語帶驚訝而上前關心。

「呃，牠不知為何不肯乖乖喝奶……銀舍利，這樣會冷掉喔。快點喝……」

「喂、喂，蘆屋！」

觀察蘆屋餵奶的真奧，在發現銀舍利的異狀後抓住了蘆屋的肩膀。

「牠、牠是不是在發抖啊？」

「的、的確……先放牠回箱子裡好了。」

蘆屋中斷餵奶的動作，將銀舍利放回紙箱——

「銀、銀舍利！」

然而銀舍利在箱子裡搖搖晃晃地走了兩三步後，就當場無力地趴了下來。

「喵……」

「咦？」

真奧發出呻吟。

銀舍利居然在趴著的狀況下直接大便了。

而且牠的糞便明顯充滿水分，不像昨天那樣呈固體狀。

「喂喂喂，蘆屋，好、好像不太妙耶？」

「是、是腹瀉嗎？不過我應該有適當地餵牠調成人體溫度的牛奶才對……」

「……噁……」

「「哇！」」

這次真奧跟蘆屋都嚇破了膽。

銀舍利居然從嘴巴裡吐出一個來路不明的小團塊。

「什什什什麼，牠吐了？」

「我、我應該沒餵牠吃什麼奇怪的東西才對啊？」

銀舍利不但拉肚子，還吐出了神祕物體。

「怎怎怎、怎麼辦？果、果然還是沒救了嗎？該不會牠在被我撿回來那天就感冒了吧？」

銀舍利首次出現的狀況，讓魔王與惡魔大元帥完全陷入了恐慌。

「哈啾！」

「「呀啊！」」

真奧與蘆屋因為一道誇張的噴嚏聲而嚇得跳了起來。

兩人往聲音的源頭一看，便發現壁櫥的拉門微微開了一條縫。

「漆、漆原？」

「別嚇人啦，笨蛋！」

「……偶縮啊（我說啊）……」

因為鼻塞而口齒不清的漆原，從壁櫥的空隙遞出一張似乎印了某些資訊的紙張。

「就算泥們在那裡手忙腳亂也沒用吧。還素去找專家吧。」

漆原說完後便將紙扔進房間，並快速關上拉門。

真奧把紙撿起來後——

「……奧羅拉動物診所？」

發現上面印的是離這裡最近的動物醫院地圖。

※

「好的，那麼我們檢查一下，請您稍候片刻。」

真奧將裝了銀舍利的箱子交給櫃檯的護士，一臉憔悴地坐倒在候診室的長椅上。

雖然真奧至今從來沒去注意過動物醫院，但看了漆原印的地圖後，他才發現魔王城附近其實有好幾間的動物醫院。

在打了其中一間的電話說明銀舍利的狀況後，由於對方表示能馬上看診，希望真奧立刻帶小貓過去，因此真奧小心翼翼地將裝了銀舍利的箱子放到杜拉罕二號上面，火速趕到了奧羅拉動物診所。

從櫃檯就能看見診所內有各式各樣的動物。

除了常見的貓咪、狗與小鳥之外，這裡甚至還能看到較少見的變色龍。

由於候診室是採用暖色系的時髦裝潢，因此給人的感覺不太像是醫院。

供訪客取閱的書架，也理所當然地擺了許多雜誌。

雖然真奧隨手拿起貓咪雜誌翻了幾頁，但內容根本就進不了腦袋。

即使他三不五時就試著窺探診察室，從候診室還是看不見裡面的樣子。

布告欄上除了呼籲飼主替愛犬接種狂犬病疫苗，以及新藥的宣傳以外，還張貼了最新寵物商品廣告，是一個真奧至今從未接觸過的獨特領域。

在這些資訊當中，一張狗的照片吸引了真奧的目光。

「找到了很棒的認養者……？」

那是一項來院者家裡生的小狗們已經找到人認養的通知。

照片裡有一隻大型犬正在替幾隻小狗哺乳，而且上面還用手寫的海報文字貼了每隻小狗的名字跟「找到家了！」的字樣。

就在真奧專心看著那些公告時——

「真奧先生，請進。」

一位身材矮胖、戴著眼鏡的男子從診察室裡探出頭來請真奧入內。

真奧猛然抬頭，像是要闖進去般的飛奔進診察室。

「銀舍利！呃……咦？」

在放置來院患畜的檯子上，銀舍利正精神抖擻地大啖類似寵物飼料的東西。

「咦……？」

「唉，如您所見，牠非常有精神。」

明明進入診察室還不到二十分鐘，但銀舍利已經能穩穩地用自己的腳站在裝著飼料的盤子面前了。

身上掛著「獸醫師：吉村」名牌的男性，催促真奧入座。

「請坐吧。雖然現在看起來沒事，但您帶牠來這裡是正確的。」

「是、是嗎……」

吉村獸醫師邊看病歷表邊向真奧問道：

「雖然有點唐突，但關於這隻貓，那個……」

「牠叫銀舍利。」

「……嗯，請問銀舍利，是真奧先生家裡養的貓嗎？」

「咦？」

「牠是不是別人送的，或是您撿回家的棄貓呢？」

被說中的真奧驚訝地回答：

「你、你怎麼知道？」

吉村沒有馬上回答真奧的問題，而是看向病歷表說道：

「從電話裡的說明研判，您似乎有餵牠喝小貓用的牛奶……請問您還有讓牠吃其他的東西嗎？例如牠目前正在吃的幼貓用飼料……」

「沒有……因為牠看起來年紀還小。」

「這就是造成牠這次不舒服的原因。其實銀舍利已經到了必須開始吃離乳食品的時期。換算成年齡，牠出生已經超過六十天了。正常來說，飼主應該都知道該如何養育小貓，但真奧先生似乎不太清楚這方面的事情，所以我才推測可能是撿回來的……」

這對愛好者或專家來說，似乎是理所當然的事情。

吉村繼續說道：

「若只讓牠喝牛奶，那營養應該會不夠吧。說得簡單一點，若只讓牠攝取流質食物，那牠當然會因為肚子太空而腹瀉啊。」

「這、這樣啊……」

真奧茫然看向持續大口吃著飼料的銀舍利。

「很少看見像這麼鮮明的銀色呢，從牠的眼睛是綠色來看，銀舍利恐怕是一種名叫俄羅斯藍貓的品種。這種貓在跟人類混熟之前警戒心都非常強。通常在到這個年齡之前，這種貓都會跟父母在一起，牠可能是因為突然被人棄養，所以在不熟悉的環境累積了不少壓力吧。」

「貓……也會有壓力嗎？」

雖然真奧還是搞不太清楚狀況，但吉村非常認真地說道：

「可別小看壓力喔？就連人類也會因為壓力而胃穿孔吧。特別是動物在幼年時期身體較為虛弱，更是馬上就會出問題。」

之後似乎已經滿足的銀舍利，總算離開盤子開始舔起自己的身體。

「順帶一提，牠所吐出來的毛球，就是在像這樣整理毛髮後吞下去結塊的體毛。」

「毛、毛球？」

「沒錯。吞得比較多的貓，一星期可能會吐個兩三次毛球呢。這對貓而言是理所當然的現象。」

「…………」

真奧痛切地體會到自己對地球的貓實在是太過無知了。

由於好不容易整理完毛的銀舍利開始在診療檯上徘徊，因此吉村便以熟練的動作將牠放回真奧帶來的箱子裡面。

不過吃飽飯並恢復精神的銀舍利，卻在裡頭跳來跳去地搖晃著箱子，所以吉村依然抓著箱

子的邊緣不放。

「……牠其實是這麼有精神的孩子呢。」

真奧無力地說道：

「我原本還以為銀舍利來到家裡後有稍微恢復一些，但我從來沒看過牠跳得這麼活潑。」

「牠當時有這麼虛弱嗎？」

在吉村的詢問之下，真奧將撿到銀舍利的經過大致說明了一遍。

「我這樣很不負責任吧？」

「什麼意思？」

吉村對真奧的話表示疑惑。

「呃，因為我明明沒有適合飼養的環境，卻還把牠給撿回家……所以才害牠遇到這種事情，都把人家撿回家了，卻讓對方挨餓，這樣不是本末倒置嗎……」

一旦加入自己的麾下，就一定要好好保護對方的身家性命，這是打從真奧於魔界舉兵時就在心裡許下的誓言。

然而失去魔力變成人類之身的自己，卻連一隻路邊的小貓都無法好好地照顧。

面對隔了一百多年再次被無力感侵襲的真奧，吉村乾脆地說道：

「您一點都沒有不負責任。」

吉村看向不斷搖晃箱子、並咬著墊在裡面的毛巾打滾的銀舍利說道：

「唉，雖然您住的公寓房東應該不會給您好臉色看……但您不但自己摸索餵牠的方法，還幫牠尋找飼主，而且一發現異常狀況就馬上將牠送醫。要不是被真奧先生撿回家，或許這孩子還來不及得到銀舍利這個名字跟被送來我們醫院，就死在路邊了也不一定。真奧先生根本就沒什麼好愧疚的。真要說的話，一開始丟棄銀舍利的前飼主才是最不負責任的人吧。」

儘管有些沒出息，但吉村堅定的回答還是讓真奧有種得救的感覺。

堂堂魔王居然被人類的獸醫師鼓勵，這才真的是無藥可救了。

「……不過，到頭來我還是沒找到能好好照顧牠的人……」

事到如今，真奧也已經無法捨棄銀舍利了。

不過即使充分動用了真奧為數不多的人脈，他還是沒能幫銀舍利找到新的飼主。

吉村稍微思索了一下後說道：

「真奧先生，您有看見候診室的布告欄嗎？」

「咦？是指幫狗注射疫苗的……啊！」

真奧想起候診室的布告欄上，除了各式各樣的通知以外，還刊了某處的小狗找到人認養的消息。

「雖然不能保證馬上找到，但要不要試試看在我們的候診室徵求飼主呢？像銀舍利這種條

件好又擁有漂亮銀毛的貓並不多。我想在來本院的客人中，應該會有人想養吧。因為無法將銀舍利寄養在本院，所以可能還是得麻煩真奧先生家繼續照顧牠一段時間，不過我答應您若有後補飼主出現，我一定會介紹一位值得信賴的對象給您。」

「喵！」

在真奧對吉村這個求之不得的提議點頭之前，銀舍利已經以活潑的聲音作出回答。

「原來牠這樣已經不算是小孩子啦。」

由於銀舍利一直在箱子裡搗亂，讓真奧費了不少工夫才把牠帶回魔王城。

蘆屋在從真奧那裡聽了診斷結果後，感慨地說道。

「貓好像只要過一年就會變成成貓。回來時牠還一直在箱子裡搗蛋呢。」

回到家後就沒辦法再關進紙箱裡的銀舍利，正在榻榻米上盡情地來回走動。

「然後……」

蘆屋在看見真奧跟銀舍利一起帶回來的東西後，露出了複雜的表情。

「目前似乎至少需要這些東西。」

在奧羅拉動物診所的建議之下，裝銀舍利的箱子旁邊除了添加牛奶的糖分輔助劑跟裝了固體飼料的盤子以外，還擺了讓貓上廁所用的貓砂跟飼養小貓的指導手冊。

「其實沒有外表看起來那麼花錢啦，連同診察費在內，只要七千圓左右。」

聽見七千圓這個價錢後，蘆屋的表情瞬間僵了一下。

「喵！喵！」

此時已經完全恢復精神的銀舍利靠到蘆屋腳邊，以穩健的腳步繞著八字形在他雙腳間徘徊，就在蘆屋與偶爾停下來仰望飼主的銀舍利滴溜溜的眼睛對上視線後——

「唉，這、這也無可奈何。」

他莫名心軟地說道。

「噗嚧……喵。」

「呼、呼，嗯，啊，那麼，這個飼料一餐要倒多少……」

蘆屋一面感受銀舍利的毛穿過褲子直接刺激肌膚的觸感，一面發出奇怪的呻吟聲，他放慢腳步，以免不小心踩到銀舍利。

然而銀舍利卻規規矩矩地跟著蘆屋腳邊，一直不肯離開他。

因為這幅景象而不自覺露出笑容的真奧，像是突然想起什麼似的開始翻找購物袋。

「還有，這是我去大賣場買的高級口罩。漆原，你就戴這個再忍耐一陣子吧。」

「不要啊啊啊啊啊啊啊啊啊！」

「喵！喵！喵！」

壁櫥裡傳來墮天使悲痛的慘叫聲，像是在嘲弄漆原般，銀舍利離開蘆屋腳邊，到壁櫥前面鳴叫。

眼見銀舍利就要用爪子抓起拉門，真奧連忙將牠抱了起來。

「真是的，吵死人了……」

鈴乃在隔壁房間皺起眉頭，不過從她聲音裡帶著喜悅來看，她私底下似乎也為銀舍利平安無事感到放心。

在那之後，又過了一段時間。

銀舍利已經完全恢復小貓原本的活潑，同時也習慣了魔王城的成員，還將這些打算征服世界的惡魔們耍得團團轉。

不過他們再怎麼說也是魔王，以及曾被稱為智將的四天王之一的惡魔大元帥。

他們已經不會再搞錯銀舍利飼料的分量，並能輕鬆地阻止往往因為玩過頭而差點撞上家具的銀舍利。

特別是準確看出小貓想上廁所的時機將其放在貓砂上的技術，更是已經到了專家的領域。

為了讓銀舍利能在紙箱中舒適地生活，惡魔們也會定期更換裡面的破毛巾，而現在就連原本緊急購入的貓用牛奶都快要被喝完了。

此外由於銀舍利非常喜歡真奧在百圓商店買的逗貓棒，因此現在即使真奧沒去揮動它，小貓也會獨自咬著逗貓棒玩。

「……看他們這個樣子，等認養者出現後真的沒問題嗎？」

「不知道，別問我啦。」

「牠很可愛呢。」

「哈啾！」

看著兩位大惡魔和銀色的小貓玩在一起，惠美、鈴乃與千穗各自訴說著自己的感想，至於漆原則是一如往常地打著噴嚏。

於是，就在魔王將銀舍利撿回來即將滿兩星期的時候——

「……唔！」

真奧的手機收到了從奧羅拉動物診所打來的電話。

因為在傍晚的這段時間陪貓玩已經逐漸變成固定行事，所以真奧有種被潑了冷水的感覺。

『真奧先生，我是吉村。我這邊有人想要領養銀舍利……』

「這樣啊……」

「喵？喵！喵！」

發現真奧並未集中精神陪自己玩，銀舍利開始攀爬真奧的身體打算吸引對方的注意。

真奧放任銀舍利用爪子抓自己的皮膚跟襯衫的袖子，繼續跟吉村講電話。

而蘆屋也以帶有某種覺悟的表情，看著那樣的真奧與銀舍利。

至於漆原，則是在壁櫥裡屏住呼吸，小聲地打著噴嚏。

「……」

真奧通完電話後，也不將已經忘了當初的目的、開始挑戰爬向真奧頭部的銀舍利從肩膀上放下來，便直接說道：

「找到人認養了。」

「……這樣啊……」

「對方好像是個值得信賴的人。而且養貓的經驗也很豐富，據說那個人之前養的貓活得比平均年齡還要長上很多。」

「……真是個求之不得的對象呢。」

「……嗯。」

明明是值得高興的話題，但真奧與蘆屋的語氣卻十分陰鬱。

「你們感覺很陰沉耶。」

壁櫥裡的漆原如此說道。

「吉村醫生安排我們明天跟對方見面。當然他說就算拒絕也沒關係……」

「……應該沒辦法那樣吧。畢竟這隻貓原本就不該留在這裡。」

真奧等人原本就是因為無法在魔王城照顧銀舍利到最後，所以才會開始找人認養牠。

既然此時出現了理想的對象，那他們當然沒有理由拒絕。

真奧拎起總算爬到魔王頭上的銀舍利，將牠湊到臉前說道：

「太好了，銀舍利。總算有人願意收留你了呢。」

銀舍利俯瞰著臨時飼主莫名感慨的表情，同時以稚嫩的臉打了一個大呵欠。

「喵……嗯！」

「……我說啊，別在這種時候吐毛球啦。」

銀舍利在真奧面前吐出毛球，並開始舞動四肢掙扎，看起來毫無感傷的氣氛。

「啊，對了，惠美跟小千也很照顧牠，所以得通知她們一聲才行。這樣那傢伙從明天開始，就不用再擔心銀舍利會被我們吃掉了。」

真奧與蘆屋對銀舍利投入的感情之深，早已到了無可挽回的地步。

「喵喵，要去看醫生嗎？」

阿拉斯·拉瑪斯從魔王的愛騎——自行車杜拉罕二號的兒童座椅上抬頭仰望真奧。

「我們要去見牠的新飼主。」

牽著自行車前進的真奧點頭說道。

被固定在前面菜籃的紙箱裡的，是似乎正因為久違的外出而感到緊張、看起來比平常安分許多的銀舍利。

真奧一告訴惠美要將銀舍利交給新飼主後，惠美不知為何便帶著阿拉斯·拉瑪斯出現了。

在確認醫院就位於Villa·Rosa笹塚附近後——

「機會難得，你就帶她一起出門吧。」

惠美難得地將阿拉斯·拉瑪斯交給真奧照顧。

「……她該不會是得了貓流感吧？」

雖然真奧因為這不符合惠美風格的提議而感到驚訝，但最近看起來缺乏幹勁的惠美卻若無其事地說道：

「我聽梨香說了。在把寄養的寵物交給別人獨自回家後，似乎會感到異常地寂寞。你就順便帶阿拉斯・拉瑪斯去吃個飯如何？今天還很熱，你可要小心脫水症狀跟注意別讓她因為空調而著涼喔。」

「……聽妳這麼一說，我反而覺得更詭異了。」

儘管真奧因為捨不得銀舍利的心情遭人看穿，以及接受敵人恩惠的事實感到不悅——

「哎呀。難道你想讓我們之中的其他人，看見你因為與銀舍利分開的失落感而意志消沉的模樣嗎？」

但在被人這樣揶揄之後，他也只能乖乖閉上嘴巴。

「其實就算你想自己一個人去，我也無所謂啦。阿拉斯・拉瑪斯，爸爸好像不想跟妳一起出門喔，怎麼辦……」

「啊啊，真是的！我出門了！」

真奧不理會壞心眼的惠美，在看起來依依不捨的蘆屋、鈴乃以及千穗的目送之下，前往奧羅拉動物診所。

「喵喵～喵喵～～」

阿拉斯・拉瑪斯揮舞著雙手，以雜亂無章的節奏唱著奇妙的歌曲。

真奧見狀不禁露出苦笑，他謹慎地留意裝了銀舍利的箱子，以免阿拉斯・拉瑪斯因為一時興起而拍打紙箱，然後這對父女與貓就這樣緩緩地抵達了奧羅拉動物診所。

真奧一停下腳踏車，就先將阿拉斯．拉瑪斯從座位上抱了下來，在叮嚀她要乖乖的之後，真奧便抱起原本用繩子固定在菜籃上、裝了銀舍利的箱子。

阿拉斯．拉瑪斯不知為何一面用雙手摀住自己的嘴巴，一面跟在真奧旁邊。

「阿拉斯．拉瑪斯，為什麼妳要把嘴巴摀住啊？」

真奧好奇地詢問。

「乖乖的，噓——」

看來對阿拉斯．拉瑪斯而言，「乖乖的」就等於「要安靜」的意思。

發現將自己當成父親般仰慕的孩子居然這樣解讀自己的意思，讓真奧不自覺地露出笑容，於是稍微感到有些安慰的真奧，打開了奧羅拉動物診所的大門。

「啊，真奧先生，我等您很久了……咦？那位小姑娘是……」

事先已經於候診室等待的吉村獸醫師，在發現真奧旁邊的阿拉斯．拉瑪斯後嚇了一跳。

「呃，該怎麼說，是我女兒。」

「這、這樣啊。」

「汪汪！」

在看見位於候診室入口的巨大陶瓷狗擺飾後，阿拉斯．拉瑪斯的雙眼頓時一亮，而且馬上就解除了「安靜」模式。

「喂，阿拉斯．拉瑪斯，要噓——喔。」

「噓——？汪汪也要噓——喔。」

雖然陶瓷獵犬只是叼著寫了「ＯＰＥＮ」的看板不發一語，但阿拉斯．拉瑪斯還是對著它認真地將食指比在嘴巴前面。

「那麼，關於願意認養銀舍利的那位……」

「好的，我來為您介紹。這位是……」

一看見那位在吉村獸醫師的呼喚之下，便從候診室深處的長椅站起來的人物，真奧驚訝地睜大了眼睛。

「咦？廣瀨先生？」

「咦？兩位認識嗎？」

吉村聽見真奧的話後，也跟著嚇了一跳。

站在那裡的，正是廣瀨自行車店的店長廣瀨。

由於真奧曾經在找廣瀨商量銀舍利的事情時遭到拒絕，因此在發現認養者居然是廣瀨後，實在難掩驚訝的神色。

「感覺有點不好意思呢，真奧，畢竟我之前才那麼冷淡地拒絕你。」

廣瀨尷尬地苦笑道：

「你有從吉村醫生那裡聽說我曾經養過貓的事情嗎？」

「我聽說那隻貓活了很久……」

「嗯，既然如此，那關於牠『活了很久』這點，應該就不用我多說了吧。牠是在前年去世的。」

「不過我覺得廣瀨先生家的露娜很幸福喔。」

吉村像是在緬懷過去般溫柔地說道。

「露娜是那隻貓的名字嗎？」

「對啦。」

擁有職人風貌的廣瀨害臊地說道：

「我從結婚前就開始養牠了，所以真要說的話，那隻貓的年紀還比我第一個小孩大呢。牠去世後，我們全家人都傷心了好一陣子，因此我本來不想再養露娜以外的貓了，這也是我當初拒絕你的理由……那個，我可以打開這個箱子嗎？」

廣瀨在得到真奧的首肯後，打開了後者懷裡的紙箱。

「喵？」

接著銀舍利就像等不及般，活潑地探出頭來。

「我在看見照片時嚇了一跳呢，這孩子真的長得跟露娜一模一樣。露娜也是俄羅斯藍貓，

而且毛色異常地明亮，或許牠並非純種也不一定，不過即使如此還是很漂亮。就在我碰巧因為露娜的忌日快到了，而前來拜訪曾經照顧過我們的吉村醫師時，我的目光馬上就被那張告示吸引了，總覺得沒辦法對這隻貓置之不理……你已經幫牠取名字了嗎？」

「牠叫銀舍利。」

「銀舍利……」

雖然廣瀨瞬間啞口無言，但還是立刻笑道：

「你願意讓牠來我家嗎？當然我沒打算將牠當成露娜的代替品，而是作為一位新的家人。那個，雖然我不曉得孩子們能不能接受『銀舍利』這個名字，但我會想辦法說服他們。」

「只要你們能好好珍惜牠，那隨便幫牠取什麼名字都沒關係。」

真奧笑著回答，將裝了銀舍利的箱子交給廣瀨。

「我可以偶爾去看看牠嗎？」

「那當然。」

「喵。」

看來銀舍利對新的飼主也沒什麼特別的意見。

※

「什麼嘛，原來是住附近的人啊。」

「而且居然還是認識的人。」

惠美一臉無趣地聽著真奧的結果報告。

「汪汪，汪汪！」

阿拉斯·拉瑪斯手上正拿著一個陶瓷做的小狗娃娃，惠美在發現真奧又寵小孩了之後嘆了口氣。

「唉，真遺憾。我本來以為你會像之前阿拉斯·拉瑪斯不見時那樣，因為絕望而意志消沉地哭著回來呢。」

「……我說妳啊。」

惠美看似揶揄實則關心的語氣，讓真奧感到十分不自在。

「廣瀨先生，是那位在商店街開自行車店的廣瀨先生嗎？」

千穗不愧是本地人，看來她似乎知道廣瀨的店在哪裡。

「太好了。那不是很近嗎？這麼一來，銀舍利跟真奧哥都不會寂寞了！」

千穗無心的一句話，讓真奧又變得更加狼狽。

「我、我本來就不會覺得寂寞。而且我之後還必須送東西到廣瀨先生家，所以還沒有跟牠

道別的感覺。」

因為千穗天真無邪的話而感到心虛的真奧，其實之後還必須送一些照顧銀舍利用的零碎物品給廣瀨。

他們打算一開始先使用小貓習慣的道具，等之後再慢慢花時間讓牠適應廣瀨家的生活。

真奧將與銀舍利有關、為數不多的物品裝進袋子，不過就只有在收拾剛留下全新齒痕的逗貓棒時，讓真奧稍微心痛了一下。

「喂，惠美。」

「什麼啦？」

「……謝謝妳帶阿拉斯．拉瑪斯過來。」

「……」

「什麼嘛，原來你果然還是會覺得寂寞」——雖然惠美差點脫口說出這句話，但由於真奧馬上就別開了視線，讓她錯失了開口的時機。

「……唉。感覺與其說是突然產生幹勁，不如說是失去了緊張感。」

這已經不曉得是蘆屋今天晚上第幾次嘆氣了。

或許比起真奧，反而是蘆屋比較無精打采也不一定。

由於蘆屋跟真奧是輪流負責餵銀舍利吃飯，因此兩人暫時都改不掉確認時鐘，以及看向原本放了銀舍利紙箱的房間角落的習慣。

這幾天只要一下班就會陪銀舍利玩的真奧，也因為突然閒下來而躺在榻榻米上。

至於漆原——

「……」

則是還沒走出壁櫥。

「喂，你也差不多該出來了吧，銀舍利已經不在囉。裡面應該很熱吧。」

「……」

在真奧的叫喚之下，漆原打開壁櫥拉門探出半顆頭來。

「嚇死人了。你是座敷童子嗎？」

「……啊，果然還是不行。」

漆原不理會真奧，立刻關上壁櫥。

「蘆屋，就算明天也好，拜託你用吸塵器打掃啦。」

「……為什麼我得聽你的命令打掃啊。」

蘆屋板起臉回答。

「銀舍利的毛跟味道都還在。所以感覺我的鼻子又癢起來了！算我拜託你，明天一大早用吸塵器……哈、哈、哈……」

漆原突然停止說話，並開始發出奇妙的呼吸聲。

然後——

「哈啾——！」

打了一個誇張的噴嚏。

「你也真辛苦呢……」

與漆原不同，完全無法感覺到與銀舍利有關的一切痕跡的真奥有些感慨地說道。

「不過……這個房間，曾經有隻貓在呢。」

「是這樣沒錯……不過魔王大人，您這樣講會讓別人以為銀舍利已經死了。我們還是祈禱牠能在廣瀨先生家健康地長大吧。」

「……也對。」

真奥一點頭，壁櫥裡便傳出怨恨的聲音。

「別因為我的噴嚏而陷入回憶啦！哈……哈啾！」

漆原的噴嚏撼動了壁櫥的牆壁，而這道聲音也讓隔壁的鈴乃皺起了眉頭。

「祈禱牠健康地長大啊……」

「魔王大人？」

「……呃，我只是覺得這實在連玩笑話都稱不上。」

「嗯？」

「……沒什麼，睡覺吧。喂，漆原！快點開門，我要拿毛巾被啊！」

「哇！等、等等，我先戴個口罩……我不是叫你等一下嗎？哈、哈啾！」

雖然鈴乃對魔王城少根筋的爭吵感到厭煩，但只有祈禱銀色小貓能夠健康成長這點，跟他們抱持著相同的意見。

「……魔王，拯救了微小的生命啊……」

儘管地球的上空並沒有能夠祈禱的神明，但鈴乃還是仰望著萬里無雲的夜空如是想著。

「若這筆功德能為魔王帶來一線希望，又會由誰以什麼樣的形式對他伸出援手呢。」

惡魔的思緒也好，人類的思緒也好，夏天的夜晚無視這一切的思緒，在暑氣與都會的喧囂之下肅靜地加深。

——完——

魔王與勇者，一起去買棉被

「貝爾，不好意思，能麻煩妳幫我看一下阿拉斯．拉瑪斯嗎？」

「哎呀，艾米莉亞，妳來啦。怎麼了嗎？」

某個夏日陽光開始稍微緩和的傍晚。鈴乃待在自己的房間看著和服目錄，而原本以為去拜訪隔壁鄰居的惠美，居然表情險惡地來到這裡。

「小鈴姊姊。」

惠美託付的女孩阿拉斯．拉瑪斯，乖巧地讓鈴乃抱在胸前。

「我很快就回來。」

說完後，惠美沒解釋理由便再度離開了。

「小鈴姊姊，這是繪本嗎？」

「……嗯？啊，這是刊登了很多漂亮和服照片的書……」

鈴乃雖然覺得惠美的樣子看起來有異，但還是為了回答阿拉斯．拉瑪斯的問題而將目錄攤給她看，就在這個時候——

「駁回！」

「喔？」

「嗚？」

隔壁突然響起一陣足以吹跑公寓薄牆的怒吼聲，鈴乃忍不住起身警戒，阿拉斯・拉瑪斯也好奇地睜大了眼睛。

此外牆壁對面相當隔壁壁櫥的地方，也傳出宛如有巨大老鼠正在慌張逃竄的聲音，接著是一陣短暫的靜寂。

「……阿拉斯・拉瑪斯。」

「有，小鈴姊姊。」

阿拉斯・拉瑪斯規規矩矩地舉手回應鈴乃。

剛才的巨大聲響，毫無疑問是來自惠美。

至於會讓異世界勇者遊佐惠美，亦即艾米莉亞・尤斯提納在鈴乃隔壁的魔王城——東京都澀谷區笹塚的三坪大木造公寓Villa・Rosa笹塚二〇一號室怒吼的理由——

「媽媽……又跟爸爸吵架了嗎？」

除此之外，別無他想。

大概又是阿拉斯・拉瑪斯的「爸爸」魔王撒旦真奧貞夫，說了什麼話惹「媽媽」惠美生氣了吧。

然而與鈴乃的預測相左，阿拉斯・拉瑪斯搖頭說道：

「那個，今天。我說想在爸爸家睡，然後媽媽就叫我陪小鈴姊姊玩……」

「啊……」

阿拉斯．拉瑪斯以有限詞彙拚命表達的內容，讓鈴乃忍不住無力地垂下肩膀。

「……希望別掀起什麼風暴就好了。」

※

「別、別突然叫得那麼大聲啦！」

二〇一號室的魔王城之主，真奧貞夫一面按住悸動的胸口，一面向惠美抗議。

「哪裡突然了！看見我把阿拉斯．拉瑪斯託給貝爾照顧，你就該知道事情無法平穩解決了吧。」

在陽光照射下的三坪大房間裡，惠美正以符合勇者之名的銳利眼光瞪向真奧。

「關於每隔幾天就要讓阿拉斯．拉瑪斯跟你見面這點，我也只能無奈地接受。不過我的容忍是有限度的！我絕對不會讓她在你家住！」

「虧妳還是勇者，怎麼心胸這麼狹窄啊！」

另一名站在真奧旁邊的修長男子也跟著出言抗議。

「什麼，艾謝爾！你有意見嗎？」

那位比真奧高出一顆頭的頎長男子，正是惡魔大元帥艾謝爾——蘆屋四郎。

而他同時也是一手包辦魔王城所有家事和家計的智將。

「反正妳一定又是基於『你們這些惡魔對阿拉斯．拉瑪斯的教育有害』這類膚淺的理由，才不讓她在這裡住吧！」

真奧和蘆屋分別是魔界之王與其將領，因此身為勇者的惠美，自然十分敵視這兩名曾經與她一決雌雄的宿敵。

惠美透過「惡魔」這個有色眼鏡，至今已經對真奧等人說了許多惡毒言語。

「不過妳這樣也算是『母親』嗎？居然殘忍地拒絕小孩想跟『父親』在一起的願望，別說是勇者了，哪有人像妳這麼冷酷無情啊。關於阿拉斯．拉瑪斯的事情，我們不是應該放下過去的宿怨慎重考慮嗎？」

惠美託住在隔壁的鎌月鈴乃，亦即安特．伊蘇拉大法神教會訂教審議官的克莉絲提亞．貝爾照顧的小女孩——阿拉斯．拉瑪斯，並非普通的小孩。

女孩是構成異世界安特．伊蘇拉的球體——「基礎」質點碎片的化身。

阿拉斯．拉瑪斯深信勇者惠美與魔王真奧是自己的「媽媽」跟「爸爸」，而且她剛來到日本時，還是以一個獨立個體的身分住在魔王城。

之後，為了不讓阿拉斯・拉瑪斯跟聖劍落入安特・伊蘇拉的天使們手裡，阿拉斯・拉瑪斯只好與惠美持有的聖劍「進化聖劍・單翼」融合，而其結果，就是她必須搬到惠美的公寓。

經過一連串的騷動後，為了保護女孩，互為宿敵的真奧與惠美針對阿拉斯・拉瑪斯在日本的生活，應該已經定下了盡可能不去碰觸彼此過去的默契才對。

然而惠美卻對蘆屋的主張一笑置之。

「過去的宿怨～？艾謝爾，你真的以為我是基於這種理由才這麼說的嗎？雖然也不能說完全沒有啦。」

「原來不是完全沒有啊。」

惠美無視真奧的吐槽繼續說道：

「不過啊，即使不考慮你們身為惡魔這點，我也絕對不認同阿拉斯・拉瑪斯在這個房間裡居住！」

說完後，惠美毫不猶豫地走向壁櫥，一口氣拉開了拉門。

「唔哇哇！」

突然被打開的壁櫥上層傳出一道丟臉的慘叫聲，同時滾出了一名身材嬌小的少年。

那名少年正是在惠美剛開始怒吼時鑽進壁櫥避難，然後便一直躲在裡面偷聽的前惡魔大元帥路西菲爾，亦即漆原半藏。

「很、很危險耶！妳幹什麼啦！」

勉強用手撐在榻榻米上避免直接撞到頭的漆原出言抗議，但惠美卻對他視若無睹。

惠美指向漆原離開後空出來的壁櫥說道：

「如果你們無論如何都想讓阿拉斯．拉瑪斯來家裡住，那至少也買條棉被吧！」

三位大惡魔因為無言以對，所以只能保持沉默。

不用說蘆屋了，惠美也同樣希望盡可能滿足阿拉斯．拉瑪斯的願望。

畢竟對阿拉斯．拉瑪斯來說，剛來日本的那一星期所住的魔王城才是她真正的家，要不是後來跟惠美的聖劍融合，或許她現在依然住在這裡也不一定。

不過就結果而言，在被惠美收養後，阿拉斯．拉瑪斯的生活環境可說是起了很大的變化。

畢竟惠美的公寓有裝空調。

這對年幼的小孩子來說極為重要。

東京都內這幾天的最高溫都超過三十五度。即使Villa．Rosa笹塚的通風因為地理條件而相對良好，還是足以讓沉默地瞪著惡魔們的惠美額頭開始冒汗，對氣溫沒什麼太大的幫助。

而讓惠美憤慨的第二點則是棉被。

惠美對睡在地板上的文化並不熟悉，因此即使在日本生活，她也是在床上就寢。

惠美至今仍無法忘懷阿拉斯・拉瑪斯第一次在惠美房間睡覺時的光景。

「好軟！好軟喔！」

阿拉斯・拉瑪斯當時非常開心地拍著惠美的床墊。

惠美也是在那時才得知，阿拉斯・拉瑪斯以前居然都是直接睡在鋪了毛巾被的榻榻米上。

跟日本相比，安特・伊蘇拉無論在文化還是經濟方面都稱不上富裕，然而除非是特別貧困的國家，否則那裡每戶人家都有專用的床鋪。反觀日本是個物價範圍極廣的經濟大國，且真奧好歹也在這裡過著普通的社會生活，因此惠美實在無法理解為何他連一床棉被都沒買。

「我不會要你們買什麼使用柔軟素材的百分之百羽絨被。不過再怎麼說，讓小孩子晚上直接睡在榻榻米上也太誇張了吧。這年紀的小孩子骨骼都很柔軟，要是她因為奇怪的睡覺方式而讓身體養成不良習慣怎麼辦！」

基本上，光是這種夏天有三名惡魔在榻榻米上排成川字型睡覺的環境，就已經夠讓人無法忍受了。

儘管真奧等人平常還算是會注意穿著跟整潔的類型，但除非附近有除臭殺菌的藥用噴霧器，否則惠美根本就不會想赤腳踏上榻榻米。

真奧與蘆屋完全無法反駁惠美義正詞嚴的主張。漆原則是擺出一副事不關己的樣子打算回到壁櫥，但被惠美一瞪，就慌張地逃到了窗邊。

「……之前我就覺得納悶了，為什麼你們不買棉被啊？你們該不會連這點錢都沒有吧？」

若只買單人被，那麼就算直接去店裡買整組寢具也花不了多少錢。

只要別太挑剔，就能以一萬五千圓左右的預算，買到能用一整年的不錯商品。

「明明有這麼完備的收納空間，放著不用實在太浪費了。這樣不就完全變成路西菲爾的個人房間了嗎？」

惠美看向開著的壁櫥深深嘆了口氣。

「我早就死心，將那裡當成收納路西菲爾的場所了。」

「蘆屋，你該不會是想繞圈子說我是這裡的負擔吧？」

雖然漆原對蘆屋的低喃表示抗議，但惠美卻對蘆屋的意見表達了一定程度的認同。

「……那姑且不論上層，下層除了紙箱以外，感覺似乎沒放什麼東西……只要稍微整理一下應該還有空間能用吧。」

「艾米莉亞，能不能別講得好像已經確定要把我收在上層似的？」

惠美無視漆原的抗議轉向真奧。

「……雖然我不太想這麼說。」

於是真奧只好放棄似的低下頭，並換了個較為輕鬆的坐姿說道：

「在我回答之前，惠美，我先問妳一件事，等回到安特·伊蘇拉之後，妳打算怎麼處理目前手邊的家電？」

「家電？你是指在我家用的那些電器嗎？」

惠美不自覺地看了魔王城的廚房一眼，並指向冰箱和微波爐，而真奧也點頭回應。

「雖然要看狀況而定，不過像微波爐跟冰箱之類的電器，只要改造成能用法術供電，應該能夠帶回去用吧。」

「把異世界的東西帶回去應該不太好吧。不是常有這種事嗎？因為將先進世界的東西帶回去，導致技術的銜接產生混亂之類的？」

儘管大概能了解真奧想表達的意思，惠美還是聳聳肩說道：

「我為了討伐魔王走遍了整個安特·伊蘇拉，最後甚至還來到了異世界。就算帶一些能讓之後的生活方便一點的道具回去，應該也不會遭天譴吧。」

「……真搞不懂妳到底這樣到底算不算有慾望。」

為了避免被惠美非難，蘆屋小聲地說道。

單就這段發言來看，或許有人會認為惠美這種想在安特·伊蘇拉獨享地球科技恩惠的想法是一種傲慢。

但往另一方面想，從不惜橫渡異世界賭命打倒魔王、為世界帶來和平的勇者所期望的報酬，居然只是微波爐跟冰箱這種商店街抽獎獎品等級的東西這點來看，惠美也可以說是非常地無欲無求。

「不過，坦白講我也曾考慮過類似的事情。我也想帶微波爐回去，而且也希望家裡能有個兩、三臺冰箱。不過啊……」

說著說著，真奧看向惠美後方的壁櫥。

「棉被……就沒辦法那樣了吧。妳仔細想想，我們可是惡魔耶。」

「咦？」

「漆原倒還好，即使恢復原狀也沒什麼變化。不過蘆屋光是現在的身高，就已經蓋不下長尺寸的毛巾被囉？而我的狀況也差不多。」

說到這裡，惠美總算發現了。

現在的人類男性外表，只是他們暫時的姿態。

真奧、蘆屋以及漆原的真面目，是君臨魔界的大惡魔，特別是真奧跟蘆屋的惡魔外型，更是擁有遠遠超越人類成年男子的身軀。

「……噗嗤！」

想到這裡，惠美忍不住笑出聲來。

而真奧像是早就預測到惠美的反應般，皺起眉頭將臉轉向旁邊。

「有、有什麼關係，噗嗤！反正你是走平民路線的魔王吧！啊哈哈！這、這樣為了避免被我砍斷的角會痛，你不是更該買顆柔軟的枕頭嗎……啊哈哈哈哈！」

「不准笑！不准想像恢復成惡魔的魔王大人，蓋著人類尺寸的棉被就寢的樣子大笑！」

一想像魔王型的真奧躺在尺寸太小的棉被上的樣子，惠美就笑得合不攏嘴，而蘆屋也跟著面紅耳赤地抗議。

「喂，蘆屋，你想像得這麼具體，反而更讓人生氣啊。」

「咦？」

「……總而言之，就算把棉被帶過去也派不上用場，而且……」

真奧雙手抱胸，盛氣凌人地仰望惠美說道：

「要是替自己準備睡床，感覺就會真的定居在這個世界。所以我單純只是不想買而已。畢竟對我來說，日本不過是暫居之地。」

「啊哈哈……哈……」

惠美笑了一會兒後，才厭煩地扠腰說道：

「堂堂魔王居然會相信這種迷信，才真的是沒救了吧。話說回來，你可別在千穗面前說出這種話喔。」

「……」

惠美講出一位不在場的少女姓名提醒真奧。

日本唯一知道真奧與惠美的真面目，以及異世界安特．伊蘇拉情況的高中女生——佐佐木千穗，即使知道真奧是魔王，依然對他抱持著好感。

若真奧當著千穗的面說日本只是暫居之地，一定會讓千穗感到非常沮喪。

對惠美來說，千穗是重要的朋友。

「……唉，說正經的，買三人分的棉被算是一筆不小的開銷吧？我們再怎麼說也沒那個餘裕，而事到如今也覺得不太需要。」

「嗯，這倒也不是不能理解。」

儘管惠美不至於連別人家的經濟狀況都想插手，但還是有其他部分令她感到費解。

「不過你們來日本也一年了吧？那你們是怎麼在這樣的狀態下，度過去年冬天的啊？」

夏天至少還能勉強靠打地舖撐過去。

不過寒冬一到，在這種沒有暖氣設施的房間裡不蓋棉被睡覺，感覺根本就是一種自殺行為……

「當初在買這個被爐時有附一條薄薄的被子。再來就是盡量多穿點衣服，然後跟蘆屋從相反方向鑽進去睡啦。」

「咦……」

真奧將手放在房間中央用來當成餐桌、辦公桌以及其他各種用途的被爐上面，驕傲地說道，至於不曾經歷日本冬天的漆原則是板起臉發出呻吟。

「……唉，要是你們今年冬天打算凍死，那我也沒什麼好說的……」

根本就用不著討伐，從魔王們的生活來看，就算放著不管他們也會自取滅亡。

「真拿你們沒辦法。」

即使繼續討論下去也只會沒完沒了。

「好吧。就像剛才艾謝爾說的一樣，我也很珍惜阿拉斯・拉瑪斯……買棉被的錢，就由我來幫忙出吧。」

「真的假的？」

「妳說什麼？」

「真的嗎？」

三位惡魔突然以閃閃發亮的眼神仰望惠美。

看見他們充滿敬畏的視線，惠美瞇起眼睛澄清了三人的誤會。

「我是說阿拉斯・拉瑪斯的喔？為什麼我得幫你們出棉被錢啊。順帶一提，你也是她的『爸爸』吧？那這筆錢當然是對半出啦。」

這個瞬間，真奧等人露出沮喪到讓人不禁想拍成影片保存下來的表情。

「為什麼我會一時衝動說出那種話啊。」

隔天早上，惠美在通勤電車的搖晃下，立刻就對自己昨天在魔王城做出的宣言感到後悔。

不對，考慮到阿拉斯・拉瑪斯的情況，惠美果然還是不能禁止小女孩與真奧見面，關於這點她已經看開了。

問題在於惠美與阿拉斯・拉瑪斯透過聖劍連繫在一起。

因為聖劍而處於融合狀態的惠美與阿拉斯・拉瑪斯，無法離開彼此超過一定以上的距離。

換句話說，為了讓阿拉斯・拉瑪斯留宿魔王城，惠美必然也得待在附近才行。

雖然知道這麼做會給人家添麻煩，但惠美只要當天寄宿在隔壁的鈴乃那裡就行了，問題在於阿拉斯・拉瑪斯肯不肯就此罷休。

過去在一件與天界爭奪阿拉斯・拉瑪斯的騷動中，惠美、真奧以及阿拉斯・拉瑪斯曾經三人一起度過了一個「專屬一家人」的夜晚。

只要阿拉斯・拉瑪斯還清楚記得那天的事情，就一定會吵著要三個人一起睡。

雖然到時候應該不會發生只因為沒有大人用的棉被，就讓惠美跟真奧同衾共枕的狀況，但某方面來說，還有個比惠美的精神衛生更加單純、現實的問題存在。

「總不能把艾謝爾跟路西菲爾趕出去吧……」

那就是現在的魔王城並沒有足夠讓惠美睡覺的空間。

這次的情況已經跟惠美上次借宿的時候不同了。

無論漆原的身材再怎麼嬌小，魔王城的榻榻米躺三個男人已經是極限了。硬要說的話，頂多也只跟以前一樣剩下足以容納阿拉斯．拉瑪斯的空隙。

就算盡可能將電腦桌跟被爐移走，惠美還是得離那些惡魔非常近才能陪阿拉斯．拉瑪斯一起睡。

即使是為了阿拉斯．拉瑪斯，惠美還是有辦不到的事情。無論是身為一名勇者，還是一名女性。

「把路西菲爾塞進壁櫥裡……也不行吧。」

要是讓漆原當天像個座敷童子般在壁櫥裡製造聲音，有可能會把阿拉斯．拉瑪斯給嚇哭。

雖然上次是讓蘆屋跟漆原住到隔壁的鈴乃家，不過那實在是例外中的例外。

「得想辦法讓阿拉斯．拉瑪斯接受才行……」

為什麼自己得為這種，像是在爭奪撫養權的離婚夫婦的煩惱傷腦筋呢。

「……而且我根本就不會挑小孩子的棉被……真是太輕率了。」

惠美一臉憂鬱地啟動手機的網路瀏覽器。

惠美曾經為了買自己用的棉被而去過附近的服飾店，可惜她昨晚回家前繞過去看時，才發現那裡沒賣兒童用的棉被。

即使打算上網調查，要買的畢竟還是給阿拉斯．拉瑪斯睡覺用的棉被。

儘管惠美希望盡可能買本人喜歡，且品質好一點的東西，但既然約好了要跟真奧各出一半的價錢，那麼惠美也不想因為沒配合對方的金錢觀念就擅自購買，而在事後被那群惡魔嘮叨。

到底該買什麼樣的棉被才好呢。

惠美在日本已經養成了只要碰到不懂的事情，就坦率地向別人詢問的習慣。

所以雖然她昨晚煩惱了許多事情，但今天中午還是理所當然似的向同事兼友人的鈴木梨香問道：

「吶，妳知道那裡能買到兒童用棉被嗎？」

「咦？」

惠美在手機公司docodemo分公司的其中一個客服中心上班的同事——鈴木梨香，在聽見惠美的問題後不但睜大了眼睛，還弄掉了原本要用來吃午間套餐的義大利麵的叉子。

「喂、喂，梨香，妳怎麼了？」

儘管惠美對梨香激烈的反應感到十分驚訝——

「我、我當然會嚇一跳啊。都怪惠美突然說什麼兒童用棉被……咦？為什麼妳要買那種東

西啊？」

「嗯，我之前不是有跟妳提過真奧在幫親戚照顧小孩嗎？」

之前惠美曾經找梨香商量過，該如何和阿拉斯·拉瑪斯相處的事情。

因此惠美這次也非常自然地就說出口了。

「嗯、嗯。」

「其實那孩子現在…………」

此時惠美僵住了。

這很明顯是一個失誤。

然而儘管剛才的發言有欠考量，事到如今惠美也沒辦法收回自己說的話。

「什麼？真奧先生親戚的孩子？就是惠美之前說的那個將妳誤認為母親的小孩嗎？」

「嗯，就是她沒錯，然後啊，那孩子……」

目前住在我家。

惠美應該預先思考一下若告訴梨香這件事，對方會如何反應才對。

雖然梨香是惠美的好朋友，但她並不像佐佐木千穗那樣知道惠美與真奧的真面目。

即使知道阿拉斯·拉瑪斯的存在，梨香還是理所當然地不知道女孩的真面目，因此惠美之前也只告訴梨香對方是真奧的親戚。

「偶爾會來我家……而且有時候還會在我那裡住……」

儘管知道這樣的說法有些牽強，但無法強硬改變話題的惠美，還是只能乖乖招認。

「到、到妳家住？那是怎樣？為什麼啊？那個叫阿拉斯還是西拉斯的小孩，現在是由惠美在照顧嗎？」

「阿拉斯・拉瑪斯！」

再怎麼說都是自己的「小孩」，因此惠美認真訂正了梨香隨便的稱呼，但對方關心的根本就不是這件事情。

「那孩子是真奧先生的親戚吧？為什麼要交給惠美照顧？這樣不是很奇怪嗎？」

的確。不用梨香說明，惠美也知道這樣的狀況很奇怪。

直到前幾天為止，照理說除了阿拉斯・拉瑪斯的誤會以外，惠美跟她之間應該沒有任何連繫才對。

「什麼……雖然我覺得不太可能，但該不會是真奧先生看那孩子很黏惠美，就趁機把照顧的工作都推給妳吧？」

雖然梨香重新拿好掉落的叉子，但她嚴肅的眼神中卻充滿了懷疑的色彩。

惠美退縮了一下後說道：

「不、不是那樣啦！他沒有把照顧的工作推給我……」

「那是為什麼？視情況而定，我可以幫妳好好訓真奧先生一頓喔？還是要我靠老家公司的人脈介紹律師給妳？」

總覺得話題在民事方面愈變愈嚴重了。

「就算妳介紹神戶的律師給我也沒用啊，梨香，妳冷靜一點。真奧真的沒有放棄照顧小孩的責任啦！」

從梨香的氣勢來看，如果再不阻止，或許她真的會失控地跑去真奧那裡揍人也不一定。

而遺憾的是，這麼一來惠美也同樣會感到困擾。

因為無論真奧的態度如何，都無法改變惠美與阿拉斯．拉瑪斯目前已是密不可分的存在。

「那個，該怎麼說，以那孩子的年紀，果然還是會想念母親的樣子，偏偏真奧那裡又都是男人對吧？住在隔壁的鈴乃好像也無法應付，而我跟真奧又都很喜歡那孩子，所以在真的有必要的時候，就會讓她來我家住。當、當然我們也有好好地向真奧親戚那邊交代。」

「喔……雖然感覺有點奇怪……不過既然情況是這樣，那我也不是不能理解啦。」

「還有即使那孩子也很喜歡千穗，但是再怎麼說，還是不能把小孩子寄在高中女生的家裡吧？」

「我是覺得交給不是自己女朋友的女性照顧也已經夠奇怪了。」

梨香看起來還是無法釋懷，不過總算是願意退讓了。

「那麼，關於那個兒童用棉被，該不會是由惠美出錢吧？」

「這部分的費用，會確實地由真奧那邊負擔。」

其實對方只有付一半，但就算告訴梨香也於事無補。

梨香粗魯地叼著叉子思索了一下後說道：

「棉被算是寢具吧？說到寢具，第一個會想到的就是西川寢具，不過考慮到真奧先生那邊的經濟狀況，或許會有點勉強吧。」

「……西川啊。」

西川寢具創業超過四百年，是日本屈指可數的老字號企業兼最大的寢具製造商，可以說只要提到寢具，就會讓人想到西川。

「考慮到小孩子實際能使用的期間，或許算是有點貴呢。不過趁這個機會，直接買大一點的也不錯吧？是叫阿拉斯．拉瑪斯嗎？那孩子已經很大了吧？」

「的確……呃，梨香，妳有見過阿拉斯．拉瑪斯嗎？」

不記得曾讓阿拉斯．拉瑪斯跟梨香見過面的惠美疑惑地問道。

「……喔，沒有啊，我只是從惠美說的話來推測而已。」

雖然梨香似乎瞬間語塞了一下，但大概是錯覺吧。

「啊，對了。雖然去專門店買還滿貴的，不過如果是去像菱松屋那樣的兒童用品店，即使

是西川製的應該也會有折扣吧？其實若真的想要便宜一點就得靠網購，但既然是要讓小孩子睡的東西，多少還是會在意觸感吧。」

「菱松屋？」

「咦？妳不知道嗎？就是一個專門賣各種童裝跟日常用品的連鎖店啊。」

「我不知道呢。雖然我昨天有試著上網搜尋過，但找到的都是購物網站。」

惠美拿出手機，嘗試搜尋菱松屋的店名。

「啊……我的確沒印象曾在都心看過呢。感覺那種店就是會開在郊區或是都心周邊住宅區之類的地方。」

梨香喝著餐後的冰咖啡，接著像是突然想到什麼似的放下玻璃杯。

「話說回來，惠美跟真奧先生家最近的車站是京王線吧？」

「咦？嗯、嗯。」

梨香大聲喊道，讓拚命用手機的小螢幕搜尋店鋪的惠美嚇得差點弄掉電話。

「既然是開在郊區或都心周邊住宅區，要不要試著去聖蹟櫻丘或南大澤那邊找找看啊？」

「咦，為什麼？」

惠美曾經在電車內的路線圖看過這些站名。印象中聖蹟櫻丘是特急停車站，而南大澤則是在從某個車站換乘後的路線前面。

雖說離惠美家最近的車站是京王線沒錯，但其實是支線井之頭線的永福町站。

由於惠美在從新宿搭京王線三站後，就會在明大前站換車，因此對京王線本線在明大前站後面的車站不太清楚。

「南大澤那裡有一個很大的特賣商場。即使是名牌貨，在那裡也賣得很便宜呢。唉，雖然跟棉被好像沒什麼關係，另外聖蹟櫻丘站前面有很多京王旗下的購物中心，從高價位到便宜貨應有盡有，逛起來還滿開心的喔。」

「郊區的購物中心啊……」

惠美嘟囔了一下，便開始搜尋梨香講的站名。

※

「喂，阿拉斯．拉瑪斯，把鞋子脫掉。」

「啊嗯，不要～～」

「不行，這樣會把電車的椅子弄髒吧。」

「嗚──」

惠美抓著想從電車座位看向窗外的阿拉斯．拉瑪斯的小腳，打算硬把她的涼鞋給脫下來。

雖然阿拉斯．拉瑪斯稍微抵抗了一下——

「喂，阿拉斯．拉瑪斯，要乖乖聽媽媽的話喔。」

「……嗚～好。」

但一被坐在另一側的真奧規勸，小女孩便乖乖點頭任由惠美擺布，等腳一獲得解放，她馬上就跪在椅子上眺望窗外。

「真是的……為什麼對爸爸說的話就這麼順從……」

惠美拿著脫下來的涼鞋，轉頭看向阿拉斯．拉瑪斯正在眺望的外面景色。

「這就是累積的威嚴的差距。」

「穿T恤配短褲，而且還穿著涼鞋的魔王應該沒資格講什麼威嚴吧。」

「今天很熱耶。而且假日的爸爸大概都是這副德性吧。」

真奧說完後環視電車內，惠美也跟著模仿他的動作。

「……你用年輕的外表講這種話，感覺有點奇怪呢。」

不過即使再繼續討論這個話題也無濟於事。

車內開始廣播下一站是調布，惠美聽見後便放棄似的嘆了口氣。

他們正在星期天的京王線，開往京王八王子站的特急電車上。

由於是假日上午從新宿出發的電車，因此車內還算擁擠，也不曉得這樣運氣算好還是不好，惠美、阿拉斯・拉瑪斯以及真奧等三人並排坐在一起。

真奧在週末才從惠美那邊得知，要去一個叫聖蹟櫻丘站的地方買阿拉斯・拉瑪斯的棉被。

若從笹塚出發，就必須在明大前站轉搭特急車，但是真奧一開始對於這趟行程卻顯得有些躊躇。

畢竟即使光看路線圖，也知道那裡離笹塚非常遠。

儘管惠美主張那裡的商品無論品質還是價格，選擇都很豐富，真奧還是摸不太著頭緒。

『我想跟爸爸一起出門。』

然而在阿拉斯・拉瑪斯透過電話說了這句話後，等真奧回過來神之時，才發現自己已經答應了。

真奧直到掛上電話後，才想到若是跟阿拉斯・拉瑪斯一起出門，那麼惠美一定也會跟去。

「……你那張小抄是什麼？」

除了錢包跟手機以外什麼都沒帶的真奧手上正拿著一張紙，惠美見狀便出聲問道。

「嗯，是購物清單，蘆屋說要是便宜就順便買回去。」

惠美不自覺地收下真奧越過阿拉斯・拉瑪斯傳過來的紙條。

一看見上面的內容——

「洋蔥一袋、醬油露、納豆、洗碗精補充包……就算比較便宜，也沒必要特地搭電車去買吧？」

「就是啊。感覺那傢伙似乎誤會什麼了。」

真奧將惠美塞回來的紙條收進口袋裡後，突然靠向阿拉斯・拉瑪斯說道：

「阿拉斯・拉瑪斯，外面有什麼東西嗎？」

「嗯，飛機。」

「喔？喔，真的耶。好高。」

「還有麥丹丹。」

「嗯？」

「麥丹丹！」

「嗯？那是什麼？」

阿拉斯・拉瑪斯將臉轉過來面對沒聽清楚的真奧，拚命地想要解釋。

「呃……」

「……是指麥丹勞的招牌啦。」

看不下去的惠美出言相助。

「妳說什麼？」

「搭電車時，不是偶爾會看見鐵路沿線的馬路上的招牌嗎？」

「……嗯，的確。」

才剛說完，在經過的車站前圓環發現麥丹勞的阿拉斯．拉瑪斯——

「爸爸！麥丹丹！」

「喔，真的耶。」

一面喊著讓人不曉得是魚還是鳥、類似新品種動物的名字，一面向爸爸報告。

「畢竟麥丹勞這個名字很難念呢。」

「她最近一直吵著想吃呢。雖然我跟她說還太早了。」

「是這樣嗎？」

真奧一問，惠美便以一副打從心底感到厭惡的表情，從阿拉斯．拉瑪斯看不見的位置板起臉說道：

「她說那裡有跟『爸爸一樣的味道』。」

「……阿拉斯．拉瑪斯真是個好孩子呢！」

無視惠美不悅的表情，真奧感動地準備伸手去摸阿拉斯．拉瑪斯。

「啊嗚。」

然而將額頭貼在窗戶上看外面的阿拉斯．拉瑪斯，卻因為窗戶突然被經過旁邊的對向車輛產生的風壓晃動，而撞到了額頭。

「嗚、嗚哇哇哇哇哇！」

嚇了一跳的小女孩放聲大哭。

「喔、喔喔喔，剛、剛剛那下很痛嗎？沒事吧，阿拉斯．拉瑪斯！」

真奧連忙用原本打算摸小女孩的手將她抱起來，努力地安撫她。

「對不起，對不起。」

惠美小聲地向周圍賠禮，由於真奧在將阿拉斯．拉瑪斯抱起來後便多了個空位——

「…………………啊～真是的！」

因此惠美只好一面承受周遭莫名冷淡的視線，一面湊近真奧跟他擠在一起。

「……………………………唉。」

真奧與惠美在轉了一個大彎的聖蹟櫻丘月臺下車，無力地互望彼此。

「……為什麼她明明就有辦法跟大天使對峙，卻還會因為額頭撞到被風壓晃動的窗戶而大哭啊……？」

「我也……不知道。」

「……呼……呼。」

哭累了的阿拉斯．拉瑪斯，正在真奧的懷裡睡覺。

即使從有空調的電車裡走到充滿濕氣的外面，小女孩還是沒有醒來的跡象。

「育兒真的是充滿驚奇呢……」

「光是不用擔心她迷路，就已經算是很好了……哎呀？」

說著說著，一對推著嬰兒車的年輕夫婦，帶著比阿拉斯．拉瑪斯更年幼一點的小孩，正好經過兩人旁邊。

「……原來還可以那樣做啊。」

「不過我們的活動範圍裡有太多樓梯跟路面高低落差，感覺不怎麼方便呢，而且以阿拉斯．拉瑪斯的年紀，應該已經坐不下嬰兒車了吧？」

「店裡偶爾會有那種，讓已經差不多能上幼稚園的小孩坐嬰兒車的客人呢……喔！」

由於阿拉斯．拉瑪斯差點滑下去，因此真奧晃動身體重新將她抱好。

「的確偶爾會看見那種人呢。不過要買到適合這孩子體型的嬰兒車，價格上應該不便宜吧……」

惠美發現自己不知從何時開始，居然已經貼在真奧旁邊看著阿拉斯．拉瑪斯的睡臉，同時跟真奧對話。

惠美一想起剛才在電車裡發生的事情——

「喂、喂，怎麼了？」
「……唔！」
便忍不住無力地坐倒在旁邊的長椅。
「是中暑嗎？還是身體不舒服？」
坐在長椅上的惠美抬頭瞪向似乎真的慌起來的真奧——
「我們這樣……簡直就像是一對真正的夫婦嘛……」
同時發出宛如從地底深處傳來的怨嘆並憤恨地說道。
「…………啊？」
真奧也不自覺地以險惡的表情皺起眉頭。
「我說妳啊。」
「怎樣啦。」
「一般女孩子講這種話時，應該要更害臊一點吧。」
這下惠美真的希望自己因為中暑而昏倒了。
「你希望我做出那種反應嗎？」
「怎麼可能。」
「……我宰了你喔……唉。」

儘管臉色真的很差，但惠美還是從長椅上站了起來。

「……那麼為了避免以後再出現這種場景，我們還是早點達成一開始的目的回去吧。真是的，害我步調都亂了。」

「那是我要說的臺詞！」

講歸講，不過由於阿拉斯・拉瑪斯也在，因此真奧與惠美還是並肩走下了車站的階梯。

「……要是這個場面被千穗看見，可就一發不可收拾了。」

「嗯？」

「……沒什麼啦。」

※

「哎呀，這位小妹妹真可愛！請問她今年幾歲啊？」

「…………」

「兩、兩歲左右！啊哈哈哈！」

走出剪票口後，真奧一行人來到了附近聖蹟櫻丘購物中心的嬰兒用品賣場。

惠美在聽見女店員毫無惡意的詢問後瞬間僵住，因此真奧只好急忙以僵硬的笑容回答。

「喂、喂，振作一點啦！」

「……啊！」

幸好真奧及時用空出來的手搖晃視線渙散的惠美肩膀，事情才沒變得更為嚴重。

阿拉斯．拉瑪斯至今仍躺在真奧懷裡休息。

「請問兩位今天想找什麼樣的商品呢？」

「呃，那個，我們是來找有沒有能讓這孩子用的棉被……」

由於照理說應該負責主導的惠美還沒完全恢復，真奧只好無奈地回答。

「這樣啊，我知道了。請問您之前是讓她睡嬰兒床之類的嗎？」

沒辦法回答是直接讓她睡在榻榻米上的真奧——

「呃，她是跟媽媽一起……」

「……………唔！」

讓惠美又再度僵住了。

「喂！不要每次一意識到『家人』這個詞就恍神啦！」

「那個……？」

真奧的吐槽這次讓店員起了疑心。

「啊，那個，沒什麼。她平常都跟媽媽睡同一床棉被。」

「原、原來如此……跟媽媽一起睡啊。既然是這樣，那令嬡應該算是睡著時不太會活動的類型吧？」

「……的確。她睡覺時還滿安分的呢。」

實際上在真奧的印象中，阿拉斯．拉瑪斯待在魔王城時雖然會夜哭，但睡姿並沒有到會滾來滾去那麼差。

「不過，這樣有什麼問題嗎……？」

「啊，是的。因為小孩子在離開空間有限的嬰兒床後，睡姿往往會出現很大的改變。所以經常聽說有媽媽在發現原本睡覺時很安分的小孩，突然變得好動而嚇了一跳的例子。」

「這樣啊。」

「不過也有些父母沒使用嬰兒床，這部分就因人而異了。如果令嬡連休息時都不太會動，那麼我想幫她準備好一點的棉被也不成問題。請往這邊請，我來替兩位介紹商品。」

「嗯。喂，惠美。」

「……啊，嗯。」

尚未回過神的惠美，在被真奧拉住袖子後便乖乖地跟了上來。

店員將真奧等人帶到一個大型四角塑膠櫃前，而陳列在上面的幾組棉被看起來都是適合小孩子的設計。

「還有附布娃娃啊？」

「這是用來讓小孩子在睡覺時握住的東西。因為他們有東西抓時，會覺得比較安心。」

女店員點頭回答後，指向其中一組棉被。

「這組的價格是兩萬九千八百圓……」

「兩萬……」

這次換真奧瞬間僵住了。

「包含床墊、能視季節調整內容物的棉被跟枕頭，以及它們的套子在內，還有附低刺激撚度的毛巾被和小孩子用的布娃娃。這些全部是一組。而對面架子上的商品，則是分成夏季用與冬季用的兩種棉被與各自的被套，這組的價格是三萬五千八百圓。」

「三……」

「這些被套能直接用家裡的洗衣機洗嗎？」

此時與其說是惠美總算恢復意識，並代替真奧提出問題。

不如說是惠美的意識在從視野角落發現真奧的嘴巴因為缺氧，而開始像金魚般開開合合後，不得不為了維持場面而強制重新啟動。

「那當然。」

店員用力點頭，看向睡在真奧懷裡的阿拉斯・拉瑪斯。

「據爸爸所說……」

此時惠美必須拚命忍耐，才不會因此失去意識。

「令嬡晚上睡覺時似乎不太會動。」

「……嗯，我覺得她的睡相應該算好。」

「像令嬡這個年紀的小孩因為還在成長中，所以身體十分柔軟，若睡相太好反而會對骨骼跟肌肉造成負擔。即使是大人，一直維持同樣姿勢睡覺也會讓身體變得僵硬吧，而小孩子的話更可能會影響發育，因此小孩子的睡相愈好，我們愈推薦使用柔軟素材製成的棉被。」

「發育啊……」

惠美仔細思考女店員的話，看向被真奧抱在懷裡的阿拉斯．拉瑪斯。

順便輕輕推了一下失神落魄地看著架上價格的真奧肩膀。

「喂，你可別因為發呆而害阿拉斯．拉瑪斯掉下去喔。」

真奧似乎總算因此回到現實，並慌張地用雙手重新抱好阿拉斯．拉瑪斯。

「喔、喔！雖、雖然我能理解店員的意思，不過三萬五千圓……」

「看來你還是有在聽呢……可以請教一個問題嗎？」

「請說。」

惠美輕輕吸了一口氣後，向女店員問道：

「雖然是很基本的問題，但小孩子用的棉被，大概能蓋到幾歲左右啊？」

「……坦白講……」

女店員苦笑地回答。

「雖然某種程度上，只能視小孩子的成長狀況而定。不過若是休息時喜歡亂動的孩子，那麼姑且不論棉被，床墊還是買大一點會比較好。基本上這裡的商品，都是針對身高一百公分左右的兒童……」

「視成長狀況而定啊……」

「……惠美？」

真奧一面同意女店員的說明，一面對一臉嚴肅地看著阿拉斯．拉瑪斯的惠美感到疑惑。

「……我知道了。謝謝妳。我們還想再到處逛一會兒，能跟妳要一下目錄來參考嗎？」

「當然可以。請多看幾件商品仔細研究吧。我現在就去拿幾本目錄給您。」

目送店員笑著走進倉庫後，惠美輕聲說道：

「喂，魔王……」

「啊？」

惠美轉過頭後露出的表情似乎有些寂寞，應該不是真奧的錯覺。

「阿拉斯．拉瑪斯會像普通的小孩一樣成長嗎？」

「……」

惠美想問的，應該不只是阿拉斯・拉瑪斯的肉體是否會長大成人吧。

她絕對不是想逃避責任。

不過對擁有勇者與魔王這兩個沒有血緣關係的父母的阿拉斯・拉瑪斯來說——

「到底該讓她怎麼成長才比較好呢……」

在惠美後方，女店員正一臉微笑地拿著裝了目錄的購物中心提袋走向這裡，然而看在真奧眼裡，這副景象實在是非常缺乏現實感。

※

「該怎麼說，感覺很極端呢。」

真奧走在第四棟購物中心的走廊上嘟囔道。

「雖然一開始覺得三萬圓太誇張了，但下一間店就突然掉到三千圓，這樣反而讓人覺得掃興呢……不如就取中間，挑個一萬五千圓左右的如何？」

「三千圓那個是托兒所用的午睡組吧。和為了讓小孩晚上能好好睡的棉被組根本就不同。話說回來，一向貪小便宜的你怎麼突然變得這麼大方啊？」

真奧不屑地回答惠美：

「我只是因為一開始就看到這麼高的價格，所以一時搞不清楚行情而已。雖然太貴會很困擾，但太便宜也會讓人感到不安呢……」

說完後，真奧低頭看向腳邊。

「爸爸，什麼事？」

「……姑且不論我、蘆屋和漆原這些大人，既然是要給阿拉斯．拉瑪斯用，那我當然會希望買好一點的東西。」

惠美也跟真奧一樣看向自己的腳邊。

剛睡完短暫午覺的阿拉斯．拉瑪斯，正牽著爸爸和媽媽的手，拚命地擺動小小的腳跟著兩人。

「嗯，阿拉斯．拉瑪斯，前面有樓梯，要好好抓緊媽媽的手喔！」

「喔！」

「咦？等等……」

阿拉斯．拉瑪斯握緊媽媽的手，而惠美也反射性地回握。

「嘿咻！」

「嗯～～呀！」

真奧與惠美兩人一起將中間的阿拉斯・拉瑪斯拉到了樓梯上。
阿拉斯・拉瑪斯拉著爸爸跟媽媽的手發出歡呼，然後順利地在樓梯頂端著地。
「…………唔！」
「喂，惠美，妳也差不多該習慣了吧！今天一直都會是這樣喔。」
真奧一派輕鬆地對忍不住當場蹲下的惠美說道。
「媽媽，妳沒事吧？會熱嗎？」
再加上連阿拉斯・拉瑪斯都開始擔心惠美，讓她變得更無地自容。
「好，阿拉斯・拉瑪斯，既然媽媽好像也累了，那我們就去吃午餐吧。」
「吃飯！」
阿拉斯・拉瑪斯高興地握著父母的手不斷甩動。
「麥丹丹！」
「嗯？麥丹勞對阿拉斯・拉瑪斯來說或許還太早了點。」
「不要，我要麥丹丹！」
雖然不曉得對阿拉斯・拉瑪斯來說麥丹丹究竟有什麼意義，但小女孩似乎對麥丹勞莫名地執著。
「喂，妳有讓她吃過嗎？」

「是沒有啦，不過不只是麥丹勞，這孩子好像對所有速食的味道都很敏感。」

「味道啊……」

真奧想起以前阿拉斯．拉瑪斯遇見木崎時——

『跟爸爸一樣的味道。』

曾經說過這樣的話。

「喂，阿拉斯．拉瑪斯。」

「什麼事？」

「為什麼妳會想吃麥丹勞啊？」

突然感到在意的真奧一問，阿拉斯．拉瑪斯便明朗快活地回答：

「爸爸的味道！」

「「…………」」

真奧跟惠美不自覺地面面相覷。

「吶，媽媽，今天在爸爸家一起睡吧？」

「……先吃飯好嗎？」

惠美為了逃避阿拉斯．拉瑪斯純真的視線而轉移話題，並寂寞地低下頭。

「……喂，惠美。」

「什麼啦……」

「妳該不會是覺得沮喪吧？」

「……啊？」

真奧突然牛頭不對馬嘴地問道，讓惠美真心地感到疑惑。

沒預期到惠美會有這種反應的真奧，不由得狼狽了起來。

「呃，那個，我在想妳是不是因為阿拉斯・拉瑪斯只關心我，所以覺得嫉妒之類的。」

「……我說啊，我才沒那麼自我中心呢。啊，你看，那裡有地圖。不如去看看有哪裡可以吃午餐吧？」

「嗯、嗯。」

惠美指的方向，是購物中心裡的餐廳導覽，而且那裡同時還有幾個家庭正開心地討論今天的午餐要吃什麼。

「她原本是住在你那裡，所以會想念你也是理所當然的吧。」

「喔、喔……」

「我只是煩惱到底該以『勇者』為優先，還是該以『媽媽』為優先而已……我看看有什麼是阿拉斯・拉瑪斯能吃的……」

惠美在導覽版前面觀望每間店推薦的餐點照片，同時若無其事地回答。

「……總覺得有點不好意思呢。我無論以哪一邊優先都沒什麼差別……蕎麥麵怎麼樣？」

「你根本就沒必要感到不好意思。我之前不是說過了嗎……那間蕎麥麵店很貴耶。畢竟有附天婦羅。」

「什麼意思？嗯……天婦羅啊。」

「沒什麼意思啦……話說回來，你在外面吃飯沒關係嗎？你有錢嗎？」

「嗯，別看我這樣，我身上好歹還是有錢的。我每個月的薪水都有一部分能自由運用，而且每個上班日都能拿到三百圓的零用錢呢。只要當天沒用到，一天就能存三百圓下來，就算要讓我跟阿拉斯．拉瑪斯吃天婦羅也沒問題呢……咦，我們剛才是在討論這個嗎？」

「我們是在商量午餐要吃什麼吧？」

「呃，我印象中好像是更為嚴肅的話題……」

「喔，那件事啊。我只是覺得反正就算說了也沒用，那倒不如別說還比較好……義大利麵，這我有點吃膩了呢。」

「什麼啦。妳就說說看啊。」

「麥丹丹！」

在並列的店名中，阿拉斯．拉瑪斯眼尖地發現了麥丹勞的標誌並開心地喊道，惠美不知為何露出有些高興的表情，側眼看向真奧。

「要是比起『魔王』，你願意以『爸爸』為優先並放棄征服世界，一輩子在日本生活，那我也不用這麼固執了。」

真奧腦中突然浮現出那天的光景。

上完夜班後，笹塚的十字路口。

當時的惠美，究竟是抱持著什麼樣的心情，對自己賭上性命追尋的殺父仇人說出——

『若你願意在這個國家終老一生，那我就沒必要繼續與你為敵了。』

當時還沒有阿拉斯．拉瑪斯在。魔王與勇者單純只是敵對關係。

實際上惠美對這個兩人之間新增的緣分，究竟是抱持著什麼樣的想法呢？

不對，無論怎麼想，至少能確定惠美絕對是發自真心不希望被別人認為她跟真奧是夫婦。

不過針對「身為一個小女孩的母親」這點呢……？

「……喂。」

「怎樣？」

「麥丹勞的薯條只要跟店員事先說一聲，就能叫他們不要灑鹽。要不要讓阿拉斯．拉瑪斯稍微吃一點啊。」

「咦？為什麼這麼突然？」

「還有啊，反正每間店裡面應該都很多人，不如我們直接外帶去這裡如何？」

真奧並未回答惠美的疑問，直接指向餐廳導覽旁邊的聖蹟櫻丘站周邊地圖上的某一點。

「吶，阿拉斯・拉瑪斯。」

「什麼事？」

真奧緩緩抱起抬頭仰望自己出聲回答的阿拉斯・拉瑪斯，配合她的視線說道：

「我們去野餐吧。」

※

「風好強！」

惠美不自覺地按住自己被風吹亂的頭髮。

「是河！」

「喔，這裡還滿寬敞的嘛。」

三人目前正位於距離聖蹟櫻丘站步行約十分鐘距離的多摩川河畔。

位於右手邊的京王線高架橋底下，是一座經過整備的公園、足球場以及網球場，景色看起來十分漂亮。

「為什麼只有那邊的草叢沒人整理啊？」

「我看對面好像有人正在烤肉，不過這邊的公園似乎不行呢，所以到底是用什麼標準在區分啊？」

左手邊有一座大橋，而橋墩附近能看見有一大群人正在烤肉。

「爸爸！公園！公園！」

一看見設置在河畔的遊樂器材，阿拉斯·拉瑪斯的雙眼頓時變得閃閃發亮。

「嗯，不過還是先吃飯吧。那附近的椅子沒人坐，就去那裡吧。」

真奧抱著阿拉斯·拉瑪斯走在惠美前面，先一步走下了河堤。

他的目標是一個正好適合親子三人一起坐的老舊木製長椅。

幸好那張椅子位於一棵大樹下，所以看起來也能夠遮陽。

「……阿拉斯·拉瑪斯知道什麼是公園啊。」

惠美意外地說道。

「我一次都沒帶她去過……」

「她還住在我家時，蘆屋跟鈴乃好像有帶她去公寓附近的公園幾次喔？」

「媽媽！鞦韆！我要盪鞦韆！」

至於阿拉斯·拉瑪斯則是將身子探出真奧的肩膀，一副迫不及待想跑出去的樣子。

「因為是處於融合狀態……所以感覺我每次跟她出門都是去工作……」

阿拉斯．拉瑪斯靜不下來地環視空曠的河畔，並為所有映入眼簾的東西發出歡呼，看見這幅景象，讓惠美感到有些心痛。

「她果然累積了不少壓力。看來我還是稍微減少工作的班次好了……」

「如果現在的狀態還過得去，就別那麼做吧。」

讓阿拉斯．拉瑪斯坐上目標的長椅後，真奧便將外帶的麥丹勞紙袋交給小女孩。

阿拉斯．拉瑪斯用雙手確實地接下後，便雙眼閃閃發亮地緊緊抱住紙袋。

「麥丹丹！」

「雖然若能二十四小時都待在她身邊當然是最好。不過我們無論如何都得為了賺錢而去工作吧。阿拉斯．拉瑪斯還待在魔王城的那段期間，我也一樣幾乎都沒時間陪她玩。全都是託蘆屋跟鈴乃照顧她……喂，阿拉斯．拉瑪斯把手伸出來。在吃東西之前要先擦手喔。」

真奧在長椅前蹲下，一面用在便利商店買的濕紙巾擦著阿拉斯．拉瑪斯的小手，一面抬頭望向惠美說道：

「坐下吧。妳也要吃吧。」

「……嗯。」

惠美順從地坐在阿拉斯．拉瑪斯旁邊。

「嘿咻……好了，阿拉斯．拉瑪斯，吃飯前要做什麼啊？」

真奧也在阿拉斯・拉瑪斯的另一側坐下，並低頭看向小女孩。

「喔！我開動了！」

話還沒說完，阿拉斯・拉瑪斯就已經打開麥丹勞的小紙袋，從裡面抓了薯條出來。

「麥丹丹！」

袋子裡只有一盒小份的薯條。

剩下的就是由惠美自行判斷，從能外帶的店買來的各種不同口味的飯糰。

「惠美，拿去，這是茶。」

真奧遞給惠美的，是在百圓商店買的寶特瓶裝茶。

惠美遲疑了一下後才接過茶，並打開蓋子喝了一口。

「……啊，真好喝……」

確認過瓶子上的品牌後，惠美發現無論製造商還是品名都是她沒見過的名稱。

「我還滿喜歡這牌子的。雖然初春時便利商店還有在賣，但或許是因為賣得不好，所以馬上就下架了，直到最近才又在百圓商店以兩瓶一百圓的價格出售。唉，不過在夏天結束前，應該又會消失吧。」

真奧放聲大笑，同時自己也打開相同品牌的寶特瓶喝了起來。

「喂，阿拉斯・拉瑪斯，只吃薯條應該會口渴吧。喝點茶吧。」

「咕嘟……喔。」

大口吃著去鹽薯條的阿拉斯・拉瑪斯，將嘴巴靠在真奧遞過來的瓶子上，用她嬌小的嘴巴含了一大口後吞下。

「……你們這個樣子，看起來就像一對真正的父女呢。」

在夏日陽光的照射之下，年輕的父親坐在樹蔭底下的長椅餵年幼的女兒喝茶。

除此之外，在惠美心裡找不到其他能形容這幅景象的詞語。

「要是當得了就好了。」

「…………咦？」

無法判斷真奧是否在回答自己的惠美，瞬間遲疑了一下。

「妳平常當媽媽不也當得有模有樣嗎？」

「咦……那、那是，那個……」

這句話究竟能不能當成是稱讚呢？

「我也不是完全沒想過，自己到底能陪阿拉斯・拉瑪斯到什麼時候……還有阿拉斯・拉瑪斯她……」

感覺在河畔公園遊玩的家庭聲音突然變得十分遙遠。

「究竟能不能一直待在我們身邊。」

「……魔王……」

「噗哈！媽媽！飯糰！」

「咦，啊，嗯。」

在吞下茶跟薯條的阿拉斯．拉瑪斯要求之下，惠美將裝了飯糰與附贈的醃蘿蔔的容器遞到阿拉斯．拉瑪斯面前。

「喔，一開始就先吃醃蘿蔔啊，阿拉斯．拉瑪斯還真成熟。」

「我喜歡，醃蘿蔔。」

阿拉斯．拉瑪斯一面發出清脆的咀嚼聲，一面大口吃著醃蘿蔔。

「……好像只要是有『王國』顏色的東西，她什麼都喜歡呢。」

「……這樣啊。」

真奧對惠美的說明回以苦笑。

阿拉斯．拉瑪斯有喜歡亮黃色物品的傾向。

構成阿拉斯．拉瑪斯存在核心的，是組成世界的球體「基礎」質點，而黃色正是她的同伴「王國」質點所掌管的顏色。

媽媽是天使與人類混血的勇者，爸爸是惡魔的魔王，至於身為女兒的阿拉斯．拉瑪斯則是質點的化身。

這樣的親子關係不可能像普通的人類親子那樣持續圓滿下去，是顯而易見的事實。

「不過，就算因為擔心這個而每天過著舉棋不定的生活也沒用吧。反正我們現在也不可能丟下阿拉斯．拉瑪斯，而且……」

就只有這個時候，真奧明確地看向惠美的眼睛說道：

「既然妳目前沒打算用聖劍殺我，那現在的我們就算想像跟阿拉斯．拉瑪斯分開的狀況也無濟於事吧。想再多也只是枉然。」

「……唔。」

即使被人清楚地說到這個份上，惠美還是無法反駁。

為了討伐魔王所磨練的劍技和獲得的聖劍。

以及寄宿在聖劍裡的阿拉斯．拉瑪斯。

若現在用聖劍斬殺真奧，就等於是讓阿拉斯．拉瑪斯的身體染上「爸爸」的鮮血。

「就、就算是這樣……也不代表我已經放棄討伐你了喔……！」

這絕對不代表惠美已經原諒真奧，而且也不代表她放棄了討伐魔王的目標。

儘管惠美為了強調這點而刻意加重語氣，但真奧泰然的笑容仍舊沒有改變。

「別這麼激動啦。我又沒打算利用這點去幹壞事。喂，阿拉斯．拉瑪斯，別握那麼大力……啊～都被妳捏散了。」

「啊、啊，柴魚片都掉光了！」

在兩人為了討論正經的話題而稍微移開視線時，就已經為時已晚了。

阿拉斯・拉瑪斯用力握緊加了柴魚片的飯糰，然後飯糰就這樣整個散開了。

「啊～黏答答的。來，阿拉斯・拉瑪斯，把飯糰給我。喂，惠美，妳那邊應該有免洗筷吧？」

「啊，嗯。喂，阿拉斯・拉瑪斯，妳怎麼可以把飯糰弄得亂七八糟呢。來，嘴巴張開。」

「啊～」

惠美將勉強搶救回來的散掉的飯糰放回容器，再用免洗筷一點一點地餵阿拉斯・拉瑪斯。

「……唉，在我們忙著處理這些事的時候，根本就談不上什麼魔王或勇者呢。」

「……」

惠美假裝集中精神餵阿拉斯・拉瑪斯，刻意無視真奧的聲音。

總覺得要是同意真奧的話，會讓她覺得很不甘心。

而真奧似乎也沒將惠美的反應放在心上，他一面撿起掉在阿拉斯・拉瑪斯衣服上的飯粒放進嘴裡，一面大聲喊道：

「天氣真好！」

他並非特別想對誰說，只是單純仰望藍天有感而發。

※

「啊～累死人了，喂！」

「……」

即使已經是下午六點，夏天傍晚的天空仍舊明亮。

在笹塚站下車的真奧打了個大大的呵欠，並小聲嘟囔道。

至於阿拉斯・拉瑪斯，則是在惠美懷裡睡得正沉。

吃完午餐後，不小心忘記最初的目的、在河濱公園的遊樂器材玩到累倒的阿拉斯・拉瑪斯，一搭上回家的電車就馬上睡著了。

儘管河邊有風吹拂，依然改變不了在大太陽底下野餐的事實，筋疲力盡的真奧與惠美，就這樣搭上各站停車的電車回到了笹塚。

「唉，那麼惠美，不好意思，麻煩妳帶棉被的目錄去我家吧。我得向蘆屋說明狀況。」

「……」

惠美本來可以在途中的明大前站轉車回家。

只不過是因為被真奧拜託，才特地來到笹塚。

結果在聖蹟櫻丘站遲遲無法決定該挑哪一件棉被給阿拉斯·拉瑪斯的兩人，想想還是選了一開始的那組高價棉被，不過既然是兩人一起出錢，真奧表示若沒事先問過蘆屋的意見，事後可能會發生非常恐怖的事情。

儘管受不了這位連買個東西都得看部下臉色的魔王，但由於惠美似乎原本就沒打算要馬上做出決定，因此也同意有必要好好斟酌。

不過真奧在回程的電車上累得倒頭就睡。

而且打從真奧在笹塚醒來後，惠美的心情就一直很差，讓他感到十分介意。

畢竟無論真奧說什麼，惠美都毫無反應。

「喂，妳的臉很紅耶。該不會是忘了塗防曬油吧？」

真奧不經意地一看，便發現惠美的臉在夏日傍晚的白色陽光照耀之下，不知為何居然有些發紅。

想起河畔的強烈陽光的真奧一時疏忽地問道——

「……我說啊……」

但惠美那既深邃又不帶溫度的刺人視線，立刻就讓他閉上了嘴。

「你竟敢……你竟敢……」

「喔、喔？」

惠美不知為何全身顫抖。

眼裡也燃起熊熊的怒意。

惠美張開彷彿隨時會噴出火焰的嘴巴，猛然湊近真奧臉前說道：

「你竟敢一直往我這邊靠過來？啊啊？」

「喔喔喔喔？咦？真、真的嗎？」

雖然一坐上位子便馬上睡著的真奧完全沒有印象，但惠美並不會說這種無意義的謊言。

「你還敢問我！你、你要怎麼賠償我被從櫻上水上車的老太太說『全家人一起出門嗎？你們夫婦感情真好』所蒙受的屈辱啊！」

「呃～那個……」

儘管惠美滿臉通紅，但還是為了不吵醒阿拉斯．拉瑪斯而小聲地怒吼。

看她這個氣勢，要是手上沒抱著阿拉斯．拉瑪斯，恐怕早已揪住真奧的胸口了。

「我、我好幾次都用肩膀把你給頂回去，但每次電車一停，你又會重新靠過來……真、真是的，我差點以為自己會因為臉部著火而死呢！」

「喔、喔，真不好意思……」

「其實我本來在明大前站就想換車了，偏偏你跟阿拉斯．拉瑪斯都睡著了，讓我完全無計可施，這實在是……討厭啦，笨蛋！」

「喂、喂，大家都在看耶！」

惠美紅著臉激動地責備真奧，喊出的聲音也跟著愈變愈大。

「妳、妳看，阿拉斯．拉瑪斯都快被妳吵醒了。喂，妳、妳冷靜一點，我來幫妳抱阿拉斯．拉瑪斯，妳深呼吸一下。」

「我、我一直都很冷靜啦……！」

即使如此，惠美還是將阿拉斯．拉瑪斯交給真奧，同時大口地吐著氣。

明明在電車裡有位子坐、卻完全無法放鬆的惠美試著活動僵硬的全身，並為了讓自己冷靜下來而伸了個懶腰，就在她偏過頭打算無視真奧時——

「啊。」

「啊。」

「……啊。」

便與某位路人對上了視線，接著無論是惠美、真奧還是那位人物都當場僵住了。

「真奧哥、遊佐小姐跟阿拉斯．拉瑪斯？」

那個人正是千穗。

穿著學校制服的佐佐木千穗，一臉訝異地凝視三人。

「小、小千？」

「妳、妳好啊，千穗……」

真奧與惠美完全沒想到會在這個時間點遇見千穗。

「怎麼了嗎？為什麼大家會在這裡？」

千穗平靜地問道。

「啊，嗯，那個，我們是去買東西。」

「買東西？」

「沒、沒錯。雖然是阿拉斯．拉瑪斯需要的東西，不、不過我沒辦法獨自決定。」

「這樣啊。說的也是。畢竟搬去遊佐小姐家後，環境就改變了呢。」

知道真奧與惠美真面目的千穗，當然也知道阿拉斯．拉瑪斯的真實身分與狀況。

所以她對惠美跟真奧一起出門這件事並沒有什麼太大的反應。

「……呼啊啊啊……嗯。」

此時，阿拉斯．拉瑪斯在真奧懷裡醒來了。

「啊，小千姊姊，腳安。」

睡眼惺忪的阿拉斯．拉瑪斯在視野角落捕捉到了千穗的身影。

不知為何，真奧與惠美突然心有靈犀地預測到接下來將會發生什麼事情，並因此感到不寒而慄。

「早安，阿拉斯．拉瑪斯妹妹。妳今天去哪裡啦？」

千穗若無其事的問道，而最喜歡爸爸跟媽媽的阿拉斯．拉瑪斯也坦率地回答：

「我跟爸爸和媽媽去野餐了。」

「咦，野……野餐……咦？」

千穗下意識地看向真奧與惠美的臉。

「呼啊……我玩了好久，今天，要跟爸爸和媽媽……一起睡……呼哇。」

尚未完全清醒的阿拉斯．拉瑪斯以絕妙方式挑選出來的字眼，讓千穗當場僵住。

「咦？真奧哥，跟遊佐小姐……？」

「不、不是的，千穗！事情不是那樣！」

「冷、冷靜點，小千！妳仔細想想，我怎麼可能會跟惠美一起睡呢？」

真奧與惠美慌張的辯解，完全傳不進千穗的耳朵。

因為阿拉斯．拉瑪斯搶先用另一句話做出了致命的一擊。

「……我們，去買了棉被……呼。」

「棉……棉被……」

「千穗！千穗，妳醒醒啊！」

「遊、遊佐小姐……妳、妳該不會真的要跟真奧哥，變、變成一家人……」

「這怎麼可能！誰要跟這種傢伙變成一家人啊……」

「我這邊也是敬謝不敏啊！」

「咦？爸爸？媽媽？」

「阿、阿拉斯．拉瑪斯？不、不是啦，爸爸跟媽媽並沒有在吵架……」

「三、三個人一起去買棉被……難不成遊佐小姐，打算搬到那間公寓嗎？你、你們要變成一家人了嗎？」

「千穗！妳冷靜點！先冷靜下來，我會從頭跟妳說明！」

「我不要爸爸跟媽媽吵架……嗚哇哇哇哇哇哇！」

「可、可是……我、我，如果你們兩位這麼決定……那我也不會多說什麼。」

「我就說妳誤會了啦！千穗，妳冷靜點！」

「阿、阿拉斯．拉瑪斯！別、別哭，事情不是妳想的那樣，啊～真是的！」

不曉得該先處理哪一邊的魔王與勇者的混亂場面，在那之後持續了十幾分鐘。

「……魔王大人、艾米莉亞跟佐佐木小姐……你們到底在車站吵什麼啊？」

直到突然現身的蘆屋以無力的聲音仲裁後，才總算平息了這場騷動。

「原來如此，你們是去買讓阿拉斯·拉瑪斯妹妹留宿用的棉被啊……」

在從車站回到魔王城的途中聽蘆屋說明真奧今天的行動後，千穗的疑慮總算獲得了消解。

真奧與惠美無力地低著頭，跟在蘆屋與千穗的後面。

至於阿拉斯·拉瑪斯，則是坐在被蘆屋牽著走的自行車——杜拉罕二號的兒童座椅上。

「不過我嚇了一跳呢。因為真奧哥你們看起來就像是真的一家人一樣……」

「別說了。」

「別再說了……」

「……你們真有默契呢。」

從後方傳來的低沉聲音，讓千穗與蘆屋露出苦笑。

「那麼魔王大人，請問你們後來有買到阿拉斯·拉瑪斯的棉被嗎？」

「啊……我就是為了跟你商量這件事，才把惠美找來的。」

「……換句話說，價格並不便宜囉。」

雖然蘆屋立刻皺起了眉頭——

「不過既然是給小孩子用的棉被，那還是買好一點的比較好吧。據說小時候的睡眠會對骨骼等方面產生影響呢。」

「唉，包含這部分在內，還是等回去之後再詳細討論……」

但在被各方面都十分照顧魔王城的千穗曉之以理後，蘆屋的態度也軟化了。

「話說回來，蘆屋你剛才是打電話給誰啊？」

真奧像是突然想起似的向蘆屋問道。

蘆屋出現在真奧等人的爭執現場並非偶然，他似乎是去使用車站的公共電話。

「我只是去跟認識的人確認一下預定事項而已，並不是什麼大不了的事情。」

蘆屋回答完後轉了個彎，而Villa・Rosa笹塚的燈光就在前面不遠處。

「貝爾很擔心喔。她怕魔王大人跟艾米莉亞會在買東西的時候吵架。」

在真奧與惠美回答之前——

「爸爸跟媽媽不可以吵架喔？」

坐在自行車的兒童座椅上的阿拉斯・拉瑪斯，已經先回頭以嚴厲的表情望向兩人。

「唉。」

「唉……」

「爸爸」跟「媽媽」表情複雜地嘆了口氣。

「阿拉斯・拉瑪斯妹妹說的沒錯，要是大家能一直相處融洽就好了。」

「這個……即使是佐佐木小姐的意見，我在立場上還是很難同意。」

人類的高中女生與惡魔大元帥並肩走在夕陽照耀的路上，聊著無關緊要的話題。

※

「……好不想去上班……」

惠美說著不符合她風格的怨言，走在新宿站早上的人群中。

結果昨天晚上大家就這樣一起聚在鈴乃的房間吃晚餐，然後阿拉斯·拉瑪斯又再次提出想在魔王城住，讓惠美費了一番工夫才得以安撫她回去。

雖然蘆屋對阿拉斯·拉瑪斯的棉被價格表示為難，但在千穗的勸說之下，最後總算是決定購買西川製的棉被了。

惠美一想到必須做向提供自己資訊的梨香交代經過，這種等同於是自尋苦惱的事情，就提不起勁來。

「難道就不能像什麼事都沒發生似的忽視棉被的話題嗎」——惠美抱著這種消極的想法，坐上自己的位子。

「……梨、梨香？」

但惠美馬上就因為發現坐在隔壁的梨香，正以跟平常截然不同的茫然表情陷入沉思而嚇了一跳。

梨香平常早上總是非常有精神，很難得會像現在這樣半張著嘴巴發呆。

「梨香？妳怎麼了嗎？」

「………………………啊，惠美，早安。」

梨香的反應非常遲鈍。

到底是發生了什麼事呢？跟昨天相比，梨香感覺就像是完全變了個人。

「那、那個，梨香。關於棉被的事情……」

「棉被……？什麼意思？」

看來梨香病得不輕。

之前她明明對這話題這麼有興趣，現在看起來卻完全漠不關心。

「怎麼了？妳身體不舒服嗎？」

這下惠美也擔心地出聲詢問。

平常總是精力充沛的梨香，為什麼會變成像這樣消沉地發呆呢。

「我……好像有點搞不懂自己了。」

「咦？」

「吶，惠美。」

「什、什麼事？」

梨香的聲音細微到彷彿隨時都會消失在宣告上班的鈴聲當中。

「以前那些沒有手機的人，是不是也都經歷過像我這樣焦慮的心情呢。」

「我、我聽不太懂妳在說什麼……」

「嗯，抱歉，沒什麼，差不多該開始工作了。」

試圖重新振作精神的梨香，以一副缺乏霸氣的模樣戴上耳機麥克風。

「雖然惠美的狀況說不定也很複雜……」

「嗯、嗯……」

「不過只要想談就能自由地對話，其實是一件非常重要的事情喔。」

讓梨香心煩的某件事，一定全都總括在這句話裡面吧。

然而惠美還來不及思索這句話的含意——

「……感謝您的來電，這裡是docodemo客服中心，敝姓遊佐，接下來將由我來為您提供服務。」

惠美的分機馬上就有電話進來了，而她在這清爽早晨所感覺到的神祕異樣感，也很快就被繁忙的日常業務淹沒並消失無蹤。

—— 完 ——

打工吧！高中女生 - a few days ago -

一陣冷風從開著的窗戶竄進來，將某人手邊的紙張吹到了地上。

「啊！」

紙張的主人慌張地想將它撿起來。

雖然不是被人看見會難為情的內容，但也不是能隨便讓別人看的東西。

隨著椅子在木質地板上滑動發出低沉的聲音，紙張主人起身準備將手伸向地板——

「啊！」

少女因為發現別人早一步撿起了那張紙而抬起頭來。

出現在眼前的人——

「嗯～」

是她的朋友，且那位友人正皺著眉頭表情凝重地看著紙張上寫的內容。

「喂、喂，小佳！別看啦！」

少女叫著友人的綽號，並急忙想將紙張給拿回來。

「不要，我才不還妳。」

友人幼稚地回答。

「小佳！」

「佐佐，這到底是怎麼回事？」

「什麼意思？」

就讀笹幡北高中二年A班，無論在班上還是社團都與少女最為親密的友人——東海林佳織不滿地將那張紙塞還給「佐佐」。

「全部都是八十五分以上耶！」

「哇啊！妳太大聲了啦！」

「這分數被別人聽見又不會怎麼樣！哪像我，平均分數可是六十分以下耶！」

佳織認真地喊道，她假裝要抱住「佐佐」的肩膀，然後繞到背後開玩笑似的勒住少女的脖子。

「居然一臉從容地拿到這麼好的分數，妳這個模範生！稍微把一些頭腦分給我吧！」

「哇，唔，喂，小佳、小佳？」

「喔？」

「……這不是很奇怪嗎？我應該已經分給妳了吧？」

「……喔、喔？」

少女並未放過佳織心虛地將臉偏開時露出的破綻。

她從佳織手中搶回在春假後無情地舉行的模擬考成績單放回桌上，屈身掙脫繞在自己脖子上的手臂。

少女快速繞到佳織背後，抓住友人的左手往上一提，連同自己的身體一起輕輕壓在對方背後，接著——

「哇，嘻嘻嘻！唔，等等，佐佐，不可以搔癢！這樣犯規啦！」

少女一面限制佳織肩膀的動作，一面開始對她的側腹搔癢。

「考試可能會出的部分，我應該都有教過妳了吧，我不是把自己念書的時間分給妳了嗎？春假社團活動結束後，妳到底都在幹什麼啊？」

「啊哈哈哈哈哈，那、那個，我投降，別再繼續搔了啦！」

無法承受搔癢攻勢的佳織拍著大腿，宣告投降。

由於少女本來就不是認真的，因此便坦率地放開了佳織。

「呼、呼，哎呀，我有在念書喔，而且佐佐的教法也很淺顯易懂，不過，那個，我沒什麼時間。」

佳織僵硬地笑著，並用手指捲著自己臉旁的黑髮訴說藉口。

佳織平常的成績絕對不算差，但既然連佳織都這樣，那麼另一個人到底怎麼樣呢？

就在少女的心裡浮現某種不好的預感時——

「喔，好厲害，佐佐木，妳的平均偏差超過六十耶！」

某人拿起少女好不容易從佳織那搶回來的模擬考成績單，驚訝地喊道，少女回頭一看——

「江村同學。」

發現來人是在她座號前面一號的江村義彌。

東海林佳織跟江村義彌都是她從一年級開始的同班同學，同時也是弓道社的夥伴。

由於學校的座號是採男女混合並按五十音順序排列，因此在這個學期剛開始還沒換位子的時期，座號連號的三人是成縱列坐在一起。

「義彌，你考得怎麼樣？」

佳織向義彌問道。

「啊，我嗎？英文跟國文不及格，其他都勉強過五十分。」

義彌滿不在乎地回答。

「好耶，我贏義彌了！」

「……江村同學……」

相較於高興地握起拳頭的佳織，少女垂下肩膀發出嘆息。

「喔，小千又在沮喪了。」

「大概是江村又考不及格了吧？弓道社好像沒什麼人，感覺有點可憐呢。」

周圍響起從去年開始就很了解三人的同學們評論的聲音。

「佐佐木、佐佐木千穗，在嗎？」

突然聽見有人在喊自己的名字，少女——佐佐木千穗一臉疲憊地抬起頭來。

仔細一看，負責教漢文的班導師安藤，正在門邊對她招手。

「不好意思，麻煩妳發一下這個。」

千穗並沒有擔任班長或是其他班級幹部，但不知為何，她總是經常被各個老師拜託一些瑣碎的事情。

安藤老師交給千穗的是一疊用釘書針將三張紙釘在一起的文件。

上面的標題寫著「致監護人　二年級三方面談注意事項」。

剛升上高中二年級的四月。

是一個即使已經感覺得到春天氣息，但寒風依舊清冷，讓人不想放開冬季毛衣的季節。

佐佐木千穗的高中二年級學校生活，就這樣以從國中開始就沒什麼改變的普通日常揭開了序幕。

※

「就算義彌考不好，佐佐也沒必要這麼沮喪吧？那傢伙根本就沒在準備考試不是嗎？唉，雖然有準備但考出來的分數很微妙的我也沒資格說這種話啦。」

佳織安慰著一臉憂鬱的千穗。

然而針對毫不害臊地說出自己兩科不及格的義彌，千穗擔心的其實是其他事情。

「……一想到接下來的期中考，我就沒辦法把這當成是別人的事情。雖然我很想相信他沒問題。」

千穗語氣沉重地嘆道，佳織望著千穗的臉，像是發現了什麼似的說道：

「嗯，說的也是……啊，佐佐，妳的臉沾到番茄醬了，這裡。」

佳織指向自己的嘴邊，發現嘴角沾到正在咬的漢堡番茄醬的千穗，趕緊拿起餐巾紙擦掉。

兩人現在正位於從學校回家會經過、開在京王線幡之谷站前的麥丹勞。

千穗與佳織在社團活動結束或放學回家時，經常光顧這間店。

雖然光靠高中生零食程度的消費或許無法準確地斷言，但千穗總覺得照理味道應該跟其他速食店或麥丹勞相差無幾的商品，在這間店吃起來特別的美味。

「如果這是定期考試，那麼江村同學只要再接受課業輔導一次，就必須停止社團活動了吧。這樣社團的大家也會很困擾耶。」

「說的也是。畢竟二年級就只有我們三個社員，明明接下來還會有學弟妹加入，若唯一的

二年級男生是這副德性，就沒辦法做他們的表率了。」

佳織吃著薯條，同意千穗的憂慮。

千穗等人就讀的笹幡北高中，在附近的都立高中裡算是比較重視升學的學校，過去也曾經有一個人考上了東大。

因此學校特別強調學生的本分是念書，只要一次定期考試有三科以上不及格，除非是像參加全國大賽這種特殊狀況，否則一律會被禁止參與社團活動一段期間。

千穗、佳織以及義彌加入的弓道社社員人數並不多，幸好去年有他們三位新生加入才免於廢社。

儘管全國擁有專用弓道場的高中並不多，單就設備方面來看算是不錯的環境，但弓道的高中生競技人口本來就不多，再加上學生運動中，這項運動的基本配備也算是比較花錢的類型。

現在除了千穗三人以外，三年級生只有一名學長與一名學姊，擔任顧問的老師也形同虛設，本身並沒有弓道的經驗。

因此在指導方面只能依靠學長姊、畢業生，以及附近的段位者每個月幾次的志願協助，然而即使如此，能進步的程度還是有限。

這麼一來，若今年沒有三名以上的一年級學弟加入，男生將連正式比賽都無法報名。

正因為是這種狀態，所以笹幡北高中本身並非什麼強校，別說是參加全國大賽了，至今社團的最高戰績還停留在超過十年前的都大會十六強賽。

所以若義彌在下次的期中考有三科不及格，他馬上就會被迫停止社團活動。

這麼一來將會對千穗、佳織以及新社員的士氣造成影響，若在大賽將至時停止社團活動，他們根本就無法好好練習。

千穗並不認為自己會像運動漫畫那樣將所有的高中生活都獻給弓道，不過既然要投入一門競技，那她還是希望能在準備充足的狀態下參加比賽。

正因為如此，千穗對佳織這次的成績居然沒有好轉感到十分意外。

照理說佳織應該不是那種會讓自己忙到疏忽日常生活的類型才對……

「我也覺得很不好意思喔，雖然我不是想找藉口，但我之所以辜負佐佐的指導，有一部分的原因也是出在社團活動上面。」

「咦？」

佳織噘起嘴趴在桌上說道：

「我啊，春假期間去打工了。」

「咦？打工？」

千穗驚訝地喊道。

由於笹幡北高中並沒有禁止打工，因此千穗也曾聽說班上有同學平常在打工。

不過這次的對象居然是佳織，讓千穗產生了興趣。

「欸，妳是打什麼樣的工啊？為什麼突然想去工作？」

千穗忍不住探出身子詢問，於是佳織有些難為情地笑道：

「吶，我射箭的技術又不像佐佐那麼好，所以箭經常會彎掉，而且說起來換弦也是一筆不小的開支吧。」

「呃，我、我射得也沒有多好啦。」

千穗並不是謙虛，而是真心這麼認為。最近千穗好不容易能在被稱為「近靶」的競技用距離，讓箭筆直地「碰到」箭靶，但她認為自己還沒到達能意識到「命中」的程度。

雖說是二年級社員，但包含義彌在內的三人，依舊是從去年才開始學習弓道的生手，所以彼此實力並沒有太大的差距。

「呃，不過佐佐在射練習靶時，箭幾乎都不會彎吧。」

佳織用右手比出射練習靶的姿勢說道。

雖然射練習靶看起來比射正式的箭靶簡單，但若沒有準確命中，便宜的箭還是非常容易就會彎掉。

「而且社團準備的練習用箭，長度跟我微妙地不合。所以我才會為了想買適合自己的道具而去打工……對不起喔，虧妳還特地犧牲複習時間教我。」

「這樣啊……總覺得有點抱歉，我居然什麼都不知道。」

不再感到驚訝的千穗，這次換對佳織產生了某種憧憬。

看在不曾打工過的千穗眼裡，佳織似乎變得有些成熟。

「沒關係啦，畢竟是我自己的問題。佐佐光是用練習箭就能確實地進步，果然比我能幹多了。」

「才沒有那種事……」

這並不是在開玩笑，學弓道的確非常花錢。

即使是給學生用的基本配備，要湊齊至少得花上五萬圓，千穗一開始也為這點感到猶豫。

因為以千穗的狀況來說，除非請父母幫忙出錢，否則根本就無法張羅到足以入社的配備。

然而在當警官的千穗之父——千一，似乎因為女兒挑了一個能夠鍛鍊身心的武術社團而感到十分高興，二話不說地就答應下定決心來找他商量的千穗加入弓道社，並去弓具專賣店幫女兒買了一套弓箭用具。

雖然千穗說只要「買便宜的就好」，但擔任警官並擁有劍道段位的父親卻主張：

「若一開始就用太便宜的東西，之後的成長也會相對地變慢。」

然後替她準備了一套在標準的價格範圍內稱得上是最高級的配備。

感謝父親用心的千穗，不但非常珍惜所有的配備，平時也不忘記保養。

不過正如佳織所言，弓弦跟箭基本上是消耗品，而保養所需的費用也同樣不可小覷。

儘管也有用鋁合金製作的耐用箭矢，但弓的張力、射手的體格以及箭本身的重量等平衡感全都因人而異，因此想湊齊一套便宜的弓具，實在不是一件容易的事情。

「……不過，真了不起呢。」

「什麼事？」

「我從來沒想過要為了適合自己的用具工作賺錢。」

千穗之所以選擇加入弓道社，純粹只是因為覺得帥氣而已。

當然笹幡北高中並沒有千穗國中加入的合唱社也是主因之一，此外她在一年級的新生社團招生期間，曾經因為看到當時的三年級社長擺出立射的基本姿勢——「會」而感動不已。

當時進行武術表演的社團前輩所拿的弓，並不像千穗等人所使用的是碳纖維製，而是一把彷彿素材的白色會從弓的深處滲透出來般的美麗竹弓。

「別太稱讚那個人啦。反正到最後還不是退出了。」

千穗一稍微回想起過去的事情，佳織就不悅地說道。

「妳是打短期工還是領日薪啊？」

不太清楚打工實際上是如何運作的千穗，試著以記憶中的模糊詞彙問道。

「都不是。我是在家庭餐廳打工，然後因為太辛苦而辭職了。」

佳織吸著柳橙汁板起臉回答。

「家庭餐廳？」

雖說是家庭餐廳，但幡之谷與笹塚周邊除了大規模連鎖店以外，還有其他數不清的餐廳。

「雖然我不想被別人認為沒有毅力，但那工作真的太誇張了。而且客人又恐怖。」

「是那樣嗎？」

「唉，明明幾乎沒時間學東西，卻才第三次左右就要正式上場。不是有一種專門用來點菜的掌上型終端機嗎？那上面有超多按鍵，而且一個按鍵就會叫出約四個選單。因為第一天跟第三天有春季優惠活動，所以選項全都變了，害我幫客人點菜時費了好一番工夫呢。」

「喔……不過一開始不是都會先別一個註明『實習中』的名牌嗎？」

千穗想起很久以前曾在家庭餐廳看過那樣的東西。

佳織表情誇張地搖頭回答：

「客人才不管那種東西呢。佐佐剛才點餐時，也沒有仔細看店員的名牌吧？」

「不，我有看喔？雖然我不知道怎麼念，但那位黑髮男生的姓氏第一個字是真實的『真』，後面則是『奧』字。而且上面還寫了B級員工呢。」

千穗遠遠看向剛才那位幫自己點餐、看起來就像是從電視廣告直接走出來的模範「麥丹勞店員」的黑髮男店員。

「……佐佐是特例啦。正常人根本就不會看。」

佳織不知為何有些不耐煩地看向千穗。

「總而言之，就算問還在實習的我義大利麵裡面加了什麼，或是聖代的卡路里有多少，我也不可能回答得出來吧？我又沒在看。」

「可是一般那些資訊不是都會寫在菜單裡面嗎？」

千穗若無其事地回答，接著佳織突然起身越過桌子，得意地指著千穗的鼻子說道：

「就是啊！妳也這麼覺得對吧？他們根本都沒看！居然完全不看菜單就直接問『這間店有什麼』，我真的搞不懂那些人在想什麼。」

「喔……這樣啊。不過那種人有這麼多嗎？我自己去買東西或吃飯時，從來沒看過……」

對佳織說的話沒什麼實感的千穗還來不及說完，佳織就再度將身子探過來說道：

「妳有持續看過六小時嗎？每天都有啦。而且那種客人還算好的了，其他還有像以為飲料吧不用錢就擅自使用，結果一被提醒後就反過來大發雷霆；或是抱怨這次用的盤子跟上次不同之類的，這種事情問我，我怎麼可能會知道啊！」

佳織的氣勢看起來完全沒有平息的跡象，讓千穗只能不斷地隨聲附和。

「最令人困擾的是，有一次午餐時間因為店裡客滿，而且又有一堆人在等，所以我就對一位當時進來的上班族說『不好意思，現在店裡客滿，請按照順序稍候』。結果那個人居然回問我『要等嗎？為什麼』耶？妳不覺得很莫名其妙嗎？」

「……那還真是誇張呢。」

儘管覺得難以置信，但由於佳織並非那種會誇大其辭的個性，所以應該是真的有那種上班族吧。

「對吧？因為那傢伙根本就聽不懂日語，所以不知如何是好的我也只能無言以對，結果他居然用超不爽的聲音要我『叫店長來』耶。迫於無奈，我只好把店長叫來，結果因為那段時間非常忙，所以連店長都對我發起脾氣來了。」

「咦？」

「還有店長不在時，外場就只剩我跟另一位前輩。當我跟他都在的時候，甜點就不是由廚房，而是由外場人員負責準備。結果他明明什麼都沒教，就突然直接丟了本手冊過來叫我做聖代，這樣我怎麼可能做得出來啊？我連材料放在哪裡都不知道耶！」

佳織持續不斷地抱怨。像是被吩咐做其他沒學過的事情，然後再理所當然地失敗後被人責備；或是壞心的前輩明明就很閒，卻還不過來幫忙等等，總之她對那份打工似乎完全沒有好的回憶。

雖然已經知道好友就是因為再也無法忍受這些事情才選擇辭職，但腦中突然浮現一個疑問的千穗還是向好友問道：

「那他們有給妳薪水嗎？妳不是做不到一個月就辭職了？」

「好歹還是有給我啦！不過因為是用實習的時薪計算，而且我才做半個月左右就辭職了，所以並沒有多少拿到多少薪水。啊～總之真的是糟透了！」

佳織將已經吃完的麥丹勞托盤推到桌子旁邊，然後誇張地從沙發上往後一仰。

就在這時候——

「這位客人，如果您已經用餐完畢，我來幫您收拾一下桌面好嗎？」

兩人所在的座位旁邊傳來一道聲音。

千穗與佳織下意識地抬頭後，頓時倒抽了一口氣。

一位打扮得跟其他店員不同、只能以「美女」來形容的人物正站在她們眼前。

那位女子身材修長，並擁有宛如瓷器般的白皙肌膚，再加上充滿魅力的低沉聲音，看起來就像是一位時裝模特兒。

千穗不自覺地看向掛在女子胸前、才剛跟佳織討論過的名牌，上面寫著「店長：木崎」。

千穗思索著女子姓氏的讀音。

接著那位就連姿勢也很漂亮的店長，在彬彬有禮地收走茫然點頭的佳織的托盤後，便行了一禮離開了。

由於千穗的托盤上還剩下不少薯條跟飲料，因此就算暫時繼續待在這裡，應該也不用覺得良心不安吧。

「哇～那個人超漂亮的。」

佳織還在注視著剛才那位店長的背影。

「若能遇見那種店長，我應該也會待久一點吧。我之前打工那間店的店長，只要現場沒客人就完全不會工作。結果卻還對我說，有空時要自己想辦法找事情來做呢。你自己才該好好工作啦！」

直到那位女店長消失在櫃檯後方，佳織才總算將臉轉回千穗的方向。

千穗苦笑地回答：

「不過，我之前就常聽說餐廳跟便利商店的店員工作非常辛苦，果然所謂的打工，就是要做自己不熟悉的工作吧。雖然由沒打工過的我說這種話也有點奇怪就是了。」

「說的也是。但我覺得若有事沒事就被經理之類的人責罵，還是會因此而失去幹勁吧。啊～討厭啦！我以後絕對不要在家庭餐廳工作！」

佳織高聲宣言後，便緩緩從學校的手提包中拿出一疊文件。

「話說回來，就算現在叫我們思考未來的出路，我們也沒什麼概念吧？」

那是安藤老師麻煩千穗發的文件，內容是將舉行學生、班導以及監護人的三方面談通知單，以及被一起釘在後面的調查表。

由於是出路調查表，因此不外乎是要學生選擇高中畢業後繼續升學還是直接就業，並在底下註明理由，而且之後這份調查表似乎會被拿來當成月底三方面談時的參考資料。

「佐佐應該是要上大學對吧？」

「嗯……大概吧……」

千穗曖昧地點頭回答佳織的問題。

才剛升上二年級就要思考畢業後的出路，讓千穗感到有些憂鬱。

「義彌絕對考不上大學，所以應該是直接就業吧，我該怎麼辦才好呢。反正我已經確定絕對不會選家庭餐廳了。不過理由啊……就算要繼續升學，也不曉得自己到底想學什麼。」

千穗的心情也跟佳織完全一樣。

說到大學，除了東大跟京大這些超有名的大學以外，千穗也只想得到在父親正月看的驛站接力賽中，奪得前幾名的那幾所學校名稱。

然而即使如此，對於連打工經驗都沒有的千穗來說，就業更是一塊比大學還要令人陌生的領域。

「啊，不過佐佐胸部很大，人長得又可愛，只要到原宿那附近走走，或許就會有星探來挖角喔？不如就直接寫演藝圈吧？」

佳織突然開玩笑地說道。

「我說啊……」

佳織經常沒事就調侃千穗的胸部，這對她來說已經算是家常便飯了。

儘管許多女性友人都很嫉妒千穗的胸圍，但本人卻是發自真心地認為胸部大根本就沒半點好處。

不但射箭時容易讓姿勢亂掉或被弦打到，就連母親買給自己的內衣，也都淨是些價格貴到讓人覺得不好意思、看起來卻完全不可愛的東西。

雖然千穗還沒有肩膀僵硬的經驗，不過即使她看見喜歡而且肩膀跟袖子都合身的上衣，還是往往得因為釦子卡到胸部扣不起來，或是胸部從釦子中間露出來等理由而放棄。

「怎麼可能會有那種事。妳認真一點想啦。畢竟這之後可是要拿給父母看耶。」

千穗一臉正經地無視佳織的玩笑話，從自己的包包中拿出相同的文件開始翻閱。

「我都忘記要給家人看了！這下我更加不曉得該怎麼寫了啦！」

佳織抱著頭煩惱不已。

調查表上的志願理由欄空得特別大。千穗見狀，便想起作文題目基本上必須寫滿指定字數的八成以上，讓她也跟著開始煩惱了起來。

千穗在國中時也曾有過相同的感覺，出路這個難以捉摸的詞，總是會讓她的心情變得曖昧不明。

千穗當初之所以報考笹幡北高中，單純只是因為這所學校符合自己的學力跟離家近而已，並不是想在這所高中學什麼特別的東西。

實際上她當初在國中時的出路指導調查表上，也是老老實實地這樣寫，然後被班導說必須寫更正式一點的理由。

雖然不是佳織說的話，但千穗記得曾經有學生在調查表上寫了演藝圈跟運動選手，結果卻被父母跟老師說「別做那種不切實際的夢」。

然而相對地——

「如果最想做的職業是公務員，那也未免太沒夢想了。」

世間卻流傳著類似這樣的說法，實在是讓人無法苟同。

明明追尋夢想就會被別人當成笨蛋。

千穗的父親就是名為警官的公務員，因此站在她的立場，她認為「公務員沒有夢想」這種話根本就是在瞧不起認真將父親的職業當成目標的人，不過這又讓她更加搞不懂大人所說的「出路」究竟是什麼意思了。

「話雖如此，我自己將來也沒什麼特別想做的事情。」

「嗯？怎麼了嗎？」

「不，沒什麼。」

即使對大人世界的不講理感到生氣，但若被問到「那妳有什麼了不起的志向嗎」，千穗也不曉得該如何回答。

因為實際上就是沒有。

雖然每個人都說只要大學畢業就能進入好公司，但既然電視每天都像念經一樣在報導不景氣跟求職困難的新聞，那麼即使只是一介高中女生，也知道不可能光靠成績好就找得到工作。

在網路上，也能看見一些人自以為是地說念大學對出社會一點用處也沒有。

既然如此，那為什麼那麼多公司都想要錄取一流大學的畢業生呢，一想到這裡，就讓千穗更加搞不懂所謂的出路究竟是什麼了。

千穗將調查表放在桌子角落，拿起裝著飲料的紙杯，她一面想著自己皺眉頭時應該不怎麼可愛，一面打算吸一口杯子裡的飲料。

就在此時，她注意到調查表底下，墊在盤子上面的廣告紙。

「……招募打工夥伴。」

只要是麥丹勞的托盤紙，上面就一定會登招募打工人員的廣告。

「佐佐？」

「……小佳，妳透過打工，應該有學到一些跟社會有關，但學校沒教的事情吧？」

「才沒那回事。我只知道工作又累又麻煩而已……」

雖然佳織說的沒錯，但對至今在雙親照料之下過得無憂無慮的千穗來說，即使期間不長，這位接觸過未知世界的朋友，看起來還是比自己更加接近大人的世界。

「妳看這個，要是我也來打工，應該就能了解一些跟出路或是工作有關的事情吧。」

看見千穗指向麥丹勞的徵人廣告，佳織驚訝地大喊出聲：

「咦？別鬧了，妳還是別這麼做比較好喔。妳剛才都沒在聽我說話嗎？」

「呃，可是……不只是為了這個原因，就像小佳說的那樣，我也想買好一點的弓具……」

「雖然每次都讓父母出箭矢的錢確實會有點不好意思，不過這也是無可奈何的事啊，以佐佐的成績，就算等上大學後再開始打工也不遲吧。」

「嗯，是這樣沒錯啦……」

千穗腦海裡浮現出已經畢業的社團前輩拿的白色竹弓與竹箭。

當然那位前輩並非每次都只使用那組弓箭，不過若自己也開始工作賺錢，或許就能更接近那把美麗的弓也不一定。

而且若能藉機稍微了解工作的事情，應該也能稱得上是一石二鳥吧。

「佐佐不但頭腦好，而且也不缺零用錢吧？畢竟妳平常又不會亂花錢。」

佳織認真地勸阻千穗。

「雖然我並不是因為覺得焦急……」

然而就連被佳織跟義彌稱讚的學校成績，實際上也不到全校前五名那種程度。

千穗無法否認在自己內心某處，確實有一股想要挑戰新事物的衝動。

就在此時——

「啊！」

光顧著想事情而沒注意周圍的千穗，忍不住大喊出聲。

一名從兩人的位子旁邊經過的上班族，因為側背包的肩帶沒背好而整個靠到桌子上面，撞到了千穗拿在手上的紙杯。

雖然並不會痛，但千穗還是因為驚訝與衝擊而弄掉了杯子。

由於兩人已經在這裡待了一段時間，因此變軟的紙杯一從高處落下，杯蓋就馬上跟著鬆脫，倒出來的可樂一瞬間就擴散到桌子角落，弄濕了千穗的文件。

「喔！」

上班族似乎也發現自己的失誤，但更令人驚訝的還在後頭。

兩人一抬頭，就發現眼前的上班族明顯並非日本人。

一位留鬍子的魁梧白人男性，正朝兩人不停地說著什麼，但千穗卻因為重要的文件被弄髒了，所以完全無法反應。

「怎、怎、怎麼辦？」

「佐、佐佐，妳沒事吧？呃，那個……」

替千穗擔心的佳織，也同樣聽不懂外國人的話。

「唔哇，文件都髒了……怎麼辦，話說，這狀況要怎麼處理啊？」

「————！」

千穗、佳織以及白人男性都知道事情不妙，但卻苦於彼此之間無法溝通。

男性困擾了一會兒後，拿出手帕遞向千穗，不過若髒的是衣服就算了，既然紙張已經被可樂弄濕，那麼就算用手帕擦也沒用。

就在千穗等人不知如何是好，因為不曉得該按照什麼順序來處理眼前的狀況而僵在原地時——

「這位客人，請問發生什麼事了嗎？」

一道年輕男性的聲音解救了這個狀況。

對這個聲音有印象的千穗一抬頭，便發現先前在櫃檯幫千穗點餐的黑髮男店員往這裡趕了過來。從佳織與白人男性之間探出頭的店員，在發現桌上倒了一攤可樂後顯得有些驚訝，接著關心地向千穗問道：

「您沒事吧？衣服有沒有弄髒……」

「那、那個，我沒事……」

「呃，佐佐，這哪叫沒事，妳的文件要怎麼辦啊？」
此時佳織總算從可樂灘裡撿起千穗的文件。
「可、可是這也沒辦法啊，既然都濕成這樣了，那就算跟店員借毛巾也……」
就在千穗絕望地看向吸了水分變軟、變髒的紙張時——
「————！」
那位白人男性又開始說些什麼了。不過即使知道對方說的是英文，不具備英文對話能力的千穗等人，還是無法了解男子究竟想表達什麼。反正即使對方道歉也無濟於事，因此正當千穗打算對男子說「沒關係」時——
「這位先生說他想向妳道歉……」
那位名牌上標明「真奧」這個讀音不明姓氏的店員，突然對著千穗如此說道。
「咦……？」
「————！」
「對不起，都怪我不小心。這位先生說他想向您賠禮。這份文件，是學校發的東西嗎？」
「嗯，是學校發的跟出路諮詢有關的文件。」
佳織代替驚訝得說不出話的千穗回答，店員以有些訝異的表情交互看向千穗與佳織的臉後——

「That is her school document which is guidance counseling.」

突然開始以流暢的英文向白人男性搭話。

「Oh……really?」

白人男性一聽，便誇張地摀住臉。

「不好意思，請問您同伴的文件，內容是一樣的東西嗎？」

「咦？啊，沒、沒錯，你怎麼知道？」

店員有些抱歉地回答：

「失禮了，因為兩位客人的聲音傳到了櫃檯那裡……所以坦白講我都聽見了。」

「對、對不起，吵到你了。」

聽見店員的說明後，莫名害臊起來的千穗忍不住低頭道歉。

店員以溫柔的笑容搖頭說道：

「不如這樣如何？就我所見，那些文件似乎只是普通的影印用紙。若您同伴的文件還沒寫過，或許可以考慮跟她借去附近的便利商店影印……」

「啊。」

「啊……」

千穗與佳織忍不住張著嘴巴點頭。仔細想想，這的確是件簡單的事情，但居然連這種處理方法都想不到，可見這起意外讓兩人有多麼慌張。

「Sir, her friend has a blank document. Would you copy this by a pay copier?」

店員講了一段話後，白人男性再度舉起雙手說了些什麼。

「為了怕又弄髒，所以這位先生似乎希望您的朋友能陪他一起去便利商店。我也會一起同行，不介意的話，能麻煩這位小姐走一趟嗎？」

「啊，好的，沒關係。」

看來似乎已經冷靜許多的佳織對店員點了一下頭後，便拿起文件站了起來。

「這位大叔應該會幫忙出影印費吧？」

「他說就算您想印一百張也沒問題。」

就連千穗也聽得出來，店員最後翻譯的內容，是非常符合外國人風格的玩笑話。

「那我去去就回，妳先在這裡等一下吧。」

「店長，我有事要陪客人出去一會兒。」

佳織與店員，分別對千穗與櫃檯內剛才那位女店長說完後，三人便一起走出店外。

託那位讀音不明、姓「真奧」的店員的福，一開始的混亂就這麼難以置信地順利解決了。

雖然千穗因為總算救回文件而鬆了口氣，但這起事件並未就此結束。

「這位客人，不好意思打擾了。」

那位美女店長來到千穗這邊向她搭話，並以漂亮的角度對她行了一禮。

「請問您的衣服有被弄髒嗎？」

「啊，嗯，我的衣服沒事。」

「這樣我就放心了。話雖如此，很抱歉居然在您開心用餐時發生這種事。不介意的話，我可以替您送一份新的飲料跟薯條過來，請問您意下如何？」

「咦，不、不用了啦。」

這次千穗真的嚇了一跳。

畢竟店方根本就沒做什麼需要道歉的事情。

倒不如說幸好有那位「真奧」先生在，千穗才能知道那位白人男性是想道歉，並順利救回了文件，所以千穗認為應該要道謝的人其實是自己才對。

若還讓對方幫自己換新的飲料跟薯條，那未免也太不好意思了。

千穗坦白說出自己的想法後，女店長以溫柔的笑臉搖頭說道：

「我們的工作是營造一個能讓客人在店內舒適用餐的環境。因此本來就該盡可能預防客人之間的麻煩，這不但是我們的工作，也是我們的責任。所以真奧（MAOU）……剛才那位同仁本來就應該協助客人解決問題。」

原來那位男店員的名字是讀做「真奧（MAOU）」啊。千穗不禁回頭看向剛才那三人走出去的門口。

「倒不如說，給您的朋友添了麻煩，才讓我們覺得不好意思呢。若兩位今天已經要回去了，只要下次光臨時出示今天的發票，就能兌換同樣的商品，您覺得這樣如何？」

女店長流暢地說出真摯的話語。

對此時的千穗來說，比起剛才發生的騷動，那位準確地判斷狀況並以流利的英文解決問題的店員真奧，以及發自內心向自己道歉的店長的人格，更令千穗覺得感動。

雖然沒打算批評佳織之前的打工處，但感覺既然是這兩個人工作的店，那氣氛應該不會像佳織之前經歷過的那樣，會讓身為同伴的職場夥伴有不愉快的回憶才對。

更重要的是，對過去以為麥丹勞店員的工作只有製作漢堡的千穗來說，女店長「工作就是營造環境」的說法，讓她覺得聽起來非常新鮮。

「發票……」

千穗拿出剛才無意識收進錢包裡的發票，眺望印在上面的內容。

然後在上面發現了某個資訊。

「沒錯。之後只要帶那張發票過來，無論何時……」

儘管店長還想針對千穗的發票繼續說明下去，但等千穗回過神時，她已經提出了一個跟發票完全無關的問題。

發票最底下寫的是電話號碼，以及招募員工的文字。

「那個……」

「是，怎麼了嗎？」

若形容得誇張一點，千穗此時對店長說出的這句話，將大大地改變她之後的命運。

「請問，這是這間店的電話號碼嗎？」

※

「去小麥打工？」

「小佳，妳說得太大聲了啦！」

「咦，佐佐木，妳要打工嗎？」

隔天千穗上學後，便告訴佳織跟義彌自己按照幡之谷站前麥丹勞的招募打工廣告，前去應徵的事情。

於是兩人理所當然地大吃一驚，湊近千穗說道：

「咦，可是昨天才剛發生那種事耶？」

「那件事跟店家沒關係啦。而且那位大叔後來也道歉好幾次了。」

「欸～我可不管喔！我有好好警告過妳囉！運氣不好的日子可是會很痛苦喔！」

「佐佐木應該比東海能幹多了吧。先別管這個了，佐佐木，如果妳錄取了，我會過去光顧喔。」

「唔哇，義彌，你有資格說這種話嗎？是這張嘴嗎？剛才說我沒用的是這張嘴嗎？」

正當被夾在兩人中間的千穗，試圖阻止佳織衝過去抓義彌時——

「不過，為什麼妳會突然想要打工啊？」

義彌試著問道。

千穗安撫著威嚇義彌的佳織，同時回答：

「昨天不是有發出路志願表嗎？坦白講這樣下去，我實在不認為自己有辦法在出路諮詢時講出什麼有內涵的話。不過若試著自己工作賺錢，總覺得就能稍微了解一些這個社會跟工作的事情。」

「我是覺得沒什麼用啦。」

曾對打工有過痛苦經驗的佳織板著臉說道。千穗也回以苦笑。

「還有就是跟小佳一樣的動機——我也想要錢，無論是拿來買弓具還是其他的東西。」

「說的也是，我也想要錢呢。」

「義彌，如果你開始打工，可不是兩科不及格就能了事喔。」

「……唉，或許的確會變成那樣也不一定。」

佳織刻薄地說道，然而平常總是隨口敷衍的義彌，這次居然一臉正經地回答，讓千穗感到有些在意。

「不過無論我是兩科不及格，還是二十科不及格，也只有妳們會對我生氣而已。坦白講我還滿羨慕佐佐木能對出路的事情這麼認真呢。」

「……江村同學？」

「既然知道我們會生氣，那你就稍微用功一點啦！」

義彌露出有些寂寞的感情，讓千穗感到十分介意，至於佳織則是用跟平常一樣的態度挖苦義彌。

「反正你們又不會來參加我的三方面談。唉，三方面談那天，我父母真的會來嗎？」

「咦？什麼意思？」

注重出路指導的笹幡北高中，雖然對出席日期保有一定程度的彈性，然而監護人幾乎是半強制必須參加三方面談。

「唉，因為我父母對我沒什麼興趣。」

「咦？」

「啊？」

義彌快速地說道，雖然不明所以的兩人還想繼續追問，但義彌已經先轉移了話題。

「先別管這個了，佐佐木，如果妳打工錄取，我會跟東海帶幾位班上的同學過去光顧，到時候請多指教啦。」

「咦？你在說什麼啊，江村同學！」

「哎呀，很少有機會能看見朋友工作吧？像東海根本就不告訴我她在哪裡打工。」

「我就是因為知道你會做出這種事，所以才不告訴你。光是原本的工作就讓我累積了不少壓力，我怎麼可能還讓義彌來看我上班呢。」

「咦，等、等一下，又還沒確定我會錄取。」

千穗不自覺地開始吞吞吐吐了起來。

仔細想想，除了千穗等人以外，其他笹幡北高中的學生也經常繞去那間麥丹勞。

雖然不知道理由為何，但總覺得被朋友看見跟平常在學校不同的樣子，會莫名地難為情。

「唉～居然告訴義彌，佐佐，看來妳的運氣已經用光了。」

「有、有什麼關係，就算被看見也不會怎麼樣！若我順利錄取，一定會好好地工作！」

「很好，就這麼決定了。那等錄取之後再告訴我們吧！」

總覺得事情的發展有點莫名其妙。

儘管對自己粗心的發言感到後悔，但千穗想打工的決心依然沒有改變。

昨天千穗一回到家後，便馬上跟店裡聯絡，讓接電話的木崎店長顯得有些驚訝。

雖然昨天才剛發生那種事，但兩人還是很快就談好了面試的時間。

至於父母方面——

「只要妳能維持現在的學校成績就沒關係。」

千穗也獲得了有條件的許可。

千穗不自覺地摸了一下書包，那裡面裝了她在昨天打電話之前，先繞去文具店買的履歷表，昨晚為了完成這份履歷表，她不但反覆看了好幾次範例，還一直煩惱到深夜。

※

或許是因為事先就知道了對方的為人。

傍晚接受店長的面試時，千穗並未感到特別的緊張。

兩人目前正在客人平常不會進去的員工間，進行一對一的面試。

店長木崎真弓以跟接待客人一樣彬彬有禮的態度，重新對千穗自我介紹了一次。

接著——

「請先讓我看一下您的履歷表。」

木崎開始看起了千穗交的履歷表。

內容應該沒有什麼不對或奇怪的地方吧，第一次面對這種場合的千穗，感覺自己的心跳正因為緊張而加快。

「……原來如此。」

過了十分鐘左右，木崎店長點了一下頭，將履歷表放到桌上。

「佐佐木小姐。」

「是、是的？」

「您上面提到面試動機是希望透過打工累積社會經驗。」

「啊，是、是的。請問有什麼問題嗎？」

「不，並沒有什麼問題。」

木崎店長筆直地看向千穗的眼睛，然後丟出一個出人意料的疑問：

「您有什麼必須累積社會經驗的急迫需要嗎？」

「咦……？需、需要？」

千穗陷入混亂。

既然特地寫在面試動機欄裡，就表示她的目的正是希望能夠累積社會經驗。

或許是發現了千穗心裡的混亂，木崎店長輕輕笑了一下繼續說道：

「沒什麼，只是因為笹幡北在這附近的都立高中裡算是學力比較高的學校，而且您還參加了運動性質的社團。所以我才在想您為什麼要特地讓念書跟學校生活以外的自由時間受到限制，寧願選擇辛苦的打工也要累積社會經驗。」

「呃……」

「這裡只有我跟佐佐木小姐在。如果您不介意，我希望能知道理由。」

「……」

木崎店長移動老舊的辦公椅重新面向千穗，讓兩人的臉稍微接近一些。

看著木崎的眼睛，千穗覺得自己似乎稍微能夠理解對方提出這個問題的意圖。

「出路……」

「是的。」

「我在煩惱自己畢業後的出路。」

「出路啊。是要考慮繼續升學還是就業嗎？」

「嗯。我之前曾跟朋友聊過關於打工的話題，並從她那裡聽來了許多光在學校念書根本就無法體驗到的事情。雖然我從國中開始就一直在學校念書，但結果關於未來的出路，我還是愈想愈不懂，然後昨天店長……」

「我？」

「告訴我你們的工作『就是營造環境』，我至今一直以為麥丹勞只是一間賣漢堡的店，

或許所謂的工作，其實是一個比我平常經歷的還要廣泛許多的概念，雖然我沒辦法表達得很清楚……」

千穗有所自覺，自己現在講的話，應該比想像中還要來得支離破碎吧。

然而木崎店長依然沒有催促千穗，只是稍微點頭讓她繼續說下去。

「然後，正當我開始思索工作究竟是什麼時，店長小姐告訴我，只要帶發票過來就能更換相同的商品，我原本為了買漢堡所付的錢，居然能以商品以外的形式回到自己手中，所以，我又換思考錢的事情。」

千穗覺得自己逐漸失去冷靜。

學校、出路、朋友、社團，以及家人，各式各樣的事情持續在腦袋裡打轉，讓千穗開始搞不清楚究竟哪一樣才是真正重要的東西。

「雖然我不曉得會以什麼樣的方式呈現，但若自己工作賺錢就能了解這些事情，那至少能夠變成社會經驗吧。所以，總而言之，那個……」

靜不下心來的千穗慌張地擺動手腳，大聲說道：

「我想自己工作賺錢。」

「……原來如此。」

此時木崎店長不知為何似乎滿意地笑了一下。

「這只是隨便聊聊，妳有想過要把賺來的錢用在哪裡嗎？」

「用、用在哪裡？呃，等存夠了錢，我想買一把好一點的弓。另外還有箭。」

「箭？雖然我對弓道不太熟悉，不過那些箭只能用一次嗎？」

「不，雖然沒到那個程度，不過偶爾還是會在練習時因為斷掉或折彎而報廢，所以有必要不斷地重買。弓道原本就是一項非常花錢的競技，若每次都向父母拿錢也不太好意思，而且每個人適合的箭都不盡相同，所以我想如果自己賺錢，即使是比較貴的用具，應該也能自在地挑選吧……」

之後有一段時間，木崎店長都在跟千穗針對弓道進行一問一答，在度過與其說是面試、不如說是閒聊的四十分鐘後，面試的時間終於結束了。

「那麼佐佐木小姐，感謝您今天特地過來一趟。至於結果，我會在這兩、三天內打電話通知您。」

「該道謝的人是我才對。那麼我先告退了。」

就在千穗起身行了一禮，準備離開員工間時，她才發現自己的腳正微微地顫抖。

不過就在千穗打開門走出房間後——

「啊，您好。」

昨天那位幫忙解決紛爭、名叫真奧的店員正好就在門外，並對千穗行了個注目禮。

「我嚇了一跳呢。沒想到昨天才剛發生那種事，您今天居然就來應徵打工。」

從真奧清爽的笑容來看，他應該是在表示歡迎吧。

「嗯，你好……」

不過才剛因為面試結束而整個人鬆懈下來的千穗，幾乎只剩下打一次招呼的氣力。

「要是能錄取就好了呢。期待您下次能再度光臨。」

在準備回家時被人搭話的千穗，勉強點了一下頭。

千穗踏著搖搖晃晃的腳步走到店外，直到看不見店舖時，她才抱著頭蹲在人行道上。

「絕對失敗了啦……」

千穗自己也覺得想賺錢這個理由實在太誇張了。

打從走出店外以後，她就一直在懊悔自己不但該說的話都沒說，還講了一堆無論怎麼想都沒必要的話。

特別是居然還將想要錢跟有想買的東西全都開誠布公這部分，更是讓她後悔莫及。

這下絕對會帶給對方不好的印象。

雖然千穗原本是想盡量表現出自己禮儀端正的一面，但在社會人士面前，自己果然還是脫離不了「時下年輕人」的範疇。

「唉……看來暫時沒辦法再來這間店了。」

畢竟自己根本就沒有膽識再度以客人的身分光顧面試沒上的店。
還是明天再跟佳織提議其他放學後能溜達的場所吧。
天色逐漸開始變暗，腦袋裡充滿這些負面想法的千穗，就這樣踏著搖搖晃晃的腳步走上了歸途。

※

在來應徵打工的高中女生回去後的麥丹勞幡之谷站前店店內，店長木崎的心情似乎顯得十分愉悅。
「喂，阿真。」
木崎向員工真奧搭話。
「什麼事？」
「剛才那女孩就交給你了。」
「好快！已經決定要錄用她了嗎？」
「嗯，雖然因為履歷表看起來很普通，所以我原本不怎麼期待，不過我對她具備意外性這點很滿意。」

木崎的笑容一直沒停過。

「拜託別再對我提履歷表的事情了。」

真奧聽了這句話後，不知為何板起了臉。但木崎依然不肯罷休地繼續說道：

「放棄吧。面試動機寫『想吃好吃的飯』的履歷表，我這一輩子都忘不了。」

「哈哈……不過，這表示雖然履歷表普通，但面試的結果很棒嗎？」

剛才走出員工間的那位高中女生，看在真奧眼裡只不過是一位普通的少女……

「嗯，難得來了一位看起來能待長期的學生。你可別太嚴厲指導她喔。」

「天啊！這或許是我第一次聽見木崎小姐說別對人太嚴厲耶！」

這可真是出乎意料的高評價。

「那女孩看起來原本就很認真。而且既然能做出那樣的應答，我想就算對她嚴厲也沒什麼意義。」

「妳打算讓她自己成長啊。」

「嗯。我特別喜歡她不會用漂亮話來掩飾自己的希望這點。事情就是這樣，從明天開始就拜託你啦。」

看著心情愉悅的上司背影，真奧小聲地低喃道：

「希望啊……如果寫征服世界，一定會被別人當成開玩笑而不被錄取吧……」

除了一臺老舊的收銀機外，沒有其他人聽見真奧這道帶著危險氣息的嘟囔聲。

※

『那麼，妳打工第二天的結果怎麼樣？』
「嗯……感覺腳快不行了……嗚……」
即使正在與佳織通電話，躺在自己房間床上的千穗還是忍不住發出呻吟聲。
原本以為在社團活動下已經鍛鍊足夠的雙腳，此刻卻完全腫了起來。無論是腳掌、小腿、大腿還是腳跟，全都充滿了未曾經歷過的倦怠感，明明已經泡過熱水澡並充分地按摩，但依然完全沒有消除疲勞的感覺。
『畢竟一直都在站嘛。中間沒有休息時間嗎？』
「沒有。因為原本的工作時間就不長。」
『啊，說的也是，好像如果沒工作到八小時以上，就不會有休息時間。』
「嗯，這方面的說明在第一天就有提到……」
由於法律似乎規定高中生只能工作到晚上十點，因此商量的結果就是平日的工作時間，最多只能安排在從學校跟社團活動結束，到晚上十點之間的四個小時。

至於週末則是四到六個小時。

聊著聊著，千穗開始回想起第一天打工時發生的事情。

千穗沒想到在做出那種回答後，自己居然還會被錄取。

因為事先被告知要好好剪指甲，所以千穗在比平常還要仔細地整理過指甲後，便在指定的時間，帶著比面試時還要緊張的心情前往店裡，然後從木崎店長那裡拿到了勞動契約書跟自己尺寸的制服。

寬鬆的設計使得胸部並不會太過突出，讓千穗鬆了一口氣。

看見自己換上平常以客人身分看見的麥丹勞制服，映照在員工間鏡子裡的身影，讓千穗有股不可思議的感覺。

「那麼，您接下來先跟我一起去店裡面繞一繞，我會簡單為您說明各項設備的功用，以及各個場所分別負責什麼工作。」

木崎說完後，千穗立刻挺直了背脊。

「雖然這間店並沒有那麼大，不過要記的東西還是滿多的……」

回想起佳織之前經驗談的千穗，因為擔心自己如果無法一次全部記住，之後可能會被責罵而不安了一下。不過——

「因為資訊量實在龐大到沒辦法一次就記住，所以您只要先大概知道『原來還有這種業務』就夠了。如果覺得有必要，也可以做筆記沒關係。佐佐木小姐的第一件工作，就是要先學習各種事情。」

「是、是的。」

「另外，去外場前請一定要先洗手，我會教您怎麼洗，所以我們先從洗手的水龍頭開始……」

在那之後木崎帶千穗實際繞了店裡一圈，並按照順序說明機器名稱、場所名稱、房間配置、各個場所負責的工作，以及放東西的地方。

千穗手上的記事本一下子就布滿了潦草的筆記。

明明是已經來過好幾次的店面，卻到處都充滿著新的詞彙、新的習慣、沒看過的機器，以及未曾踏入的場所。

光是說明店內就花了一個半小時，在那之後便是基本的招呼練習，結果第一天的三個小時一晃眼就過去了。

最後——

「喂，阿真。」

木崎突然向一位員工招手（對千穗而言，就連將店員稱做員工這點也很新鮮）。

令人驚訝的是，那位朝這裡走過來的員工，正是曾經幫過千穗的那位名叫真奧的男生。

「啊，妳是前陣子的那位……」

看來真奧似乎還記得千穗，他摘下帽子，以明朗的笑容對千穗打招呼。

「偶從，啊，我、我從今天開始將在這裡工作！我叫佐佐木千穗！請多指教！」

一開始就咬到舌頭了。

雖然千穗因此羞得滿臉通紅，但真奧不僅毫不在意——

「我叫真奧貞夫。佐佐木小姐，以後請多多指教啦。」

還非常彬彬有禮地回應了她。

從真奧說英文的樣子與待人的態度來看，千穗原本以為對方的年紀應該要比自己大上許多，然而實際像這樣面對面打過招呼後，感覺他似乎意外地年輕。

不過看起來應該也不會是大學生吧？

「因為我明天不會在店裡，所以我想請他幫忙照顧佐佐木小姐。」

木崎將手放在相當於千穗前輩的真奧肩膀上——

「關於這間店的事情，他什麼都知道，所以盡量考他吧。」

講到後半段時，木崎已經幾乎是笑著在說了。

「壓力好大啊。」

真奧重新戴上帽子並困擾似的笑道。

「如果教錯了，我可不會善罷干休喔！」

雖然不曉得究竟認真到什麼程度，但木崎還是繼續對指導者施加壓力。

不過儘管面露苦笑，真奧依然以充滿自信的表情回答：

「放心吧。比起指揮五十萬人，這根本就不算什麼。」

「咦？」

千穗對五十萬這個詞感到疑惑。

於是木崎聳聳肩說道：

「要不是阿真偶爾會像這樣誇大其辭，就真的無可挑剔了呢。」

不知為何，千穗並不覺得剛才真奧是在誇大其辭。

「哈哈……不過考慮到佐佐木小姐接下來將長期在這間店裡工作，若有任何不懂的事情，可以直接問我、木崎小姐或是其他人。一次學不會就學兩次，兩次學不會就學三次，請務必要記得請教別人。而且我們這間店裡絕對沒有那種會因為妳學不會，就對妳發脾氣的員工。」

「好、好的……」

「萬一有人為了這種事對您生氣，就告訴我吧。我會……」

木崎的表情突然變成鬼的笑容。

「讓那傢伙見識一下地獄。」

「哇！」

那抹恐怖的微笑，讓千穗忍不住大喊出聲。

「用比較淺顯易懂的方式說明木崎小姐剛才的話，就是比起憑藉模糊的印象犯錯而給客人添麻煩，即使多少會費一點工夫，也應該先請教懂的人，這樣就結果來說傷害反而會比較少，請妳真的不用客氣，儘管向前輩發問吧。」

真奧苦笑地幫因木崎的笑容而顫慄不已的千穗翻譯。

「這間店裡的每個人都是像這樣學會工作的，所以無論妳問什麼，大家都會仔細地回答妳的問題。」

「……我知道了。我會努力。」

木崎與真奧以員工身分展現出來的工作表現，千穗已經親身站在客人的立場體驗過了。

既然兩人都這麼說了，那其他員工一定也都非常能幹吧。

即使千穗因此並未感到焦急，但還是希望自己能盡快努力成長到不會扯別人後腿的程度。

『唔哇……那是怎樣？是天堂嗎？』

在聽完千穗第一天的體驗後，佳織發自內心地表示羨慕。

『明明我每次只要一發問，就會被人說應該已經有人教過我了耶。』

「啊哈哈……」

『既然第一天是那樣，那今天又是如何呢？』

「呃……」

第一天除了打招呼以外，幾乎都是在學習。

直到今天第二次上班，才總算被分派到比較像樣的工作。

「因為我還不能碰商品，所以今天幾乎都在打掃。」

『打掃？』

「嗯，像是用殺菌過的抹布把托盤擦乾淨，邊記桌號邊擦桌子，還有從倉庫裡拿出吸管、餐巾紙跟外帶專用袋補到備用的架子上等等。另外我還順便打掃了那個放備用品的架子……」

『那妳有倒垃圾之類的嗎？』

「他們好像還不讓我倒垃圾。」

『咦？』

「因為垃圾分類似乎非常嚴格，所以只讓能確實分辨垃圾種類的人處理，還有那間小麥入

口附近不是有個垃圾桶嗎？因為我沒辦法好好替客人帶位跟應付客人的問題，所以目前還無法做這些工作。」

『……看來每間店都不太一樣呢。』

「不過連續站四小時果然很累呢。啊，還有跟佳織說的一樣，我有被人問過一次超難的問題喔。明明我身上就別了一個寫著大大的『實習中』的名牌。」

『這麼快就遇到啦。然後呢，結果怎麼樣？』

「嗯，因為除非真的遇到很忙的時候，否則那位真奧前輩都會一直待在身邊指導我，最後是由那位前輩解決了。」

『佐佐，妳跟我交換吧。』

佳織的語氣頗為認真。

『不過這樣聽起來，感覺還不錯嘛。雖然不是要學義彌，但我也找個時間，去看看已經變成小麥大姊姊的佐佐工作的樣子好了。』

「……請妳手下留情。」

在那之後又聊了一些無關緊要的話題才掛斷電話的千穗，想起剛才跟佳織提過的「困難的問題」。

一位五十出頭的男子前來詢問幡之谷站前店有沒有賣生日蛋糕。

千穗從來沒聽說過做為漢堡連鎖店的麥丹勞有賣蛋糕。

雖然沒有人教過，但千穗還是未做多想地準備憑自己的印象回答那位客人——

「非常抱歉，本店並未提供預約生日派對的服務，因此也沒有賣生日蛋糕。」

聽見身旁的真奧突然如此回答，讓千穗嚇了一跳。

無法將麥丹勞與生日派對和生日蛋糕這幾個詞連在一起的千穗，一時覺得有些難以置信。

陪在驚訝的千穗旁邊的真奧繼續說道：

「不過二十三區內，在目黑區跟杉並區各有一間能預約派對的分店。因為杉並那間是在京王線沿線相對較近的位置，我現在就去幫您拿店家的電話過來。」

說完後，真奧便快步走進員工間，拿出一張千穗從當客人到現在都沒見過的傳單交給那位男子。

千穗啞口無言地目送客人道謝離開。

「唉，其實這種事情不常遇到啦。」

真奧說完後，便拿了另一張相同的傳單給千穗看。

「麥丹勞有些分店會提供預約生日派對的服務，不過比起店舖狹窄的都心，還是郊區比較多那種分店。」

傳單上刊了幾位剛上小學左右的小孩子，跟店內員工一起舉辦派對的照片。

「小孩子對在自己周遭工作的大人，似乎都抱持著某種憧憬呢，他們只要一看見這頂制服的帽子就會覺得很開心。不過很少有人會問這種問題，所以妳也不用太在意。」

「……」

千穗看著傳單，在心裡對自己的輕率感到羞愧。

既然那位客人會這麼問，應該是想替孫子在麥丹勞辦生日派對吧。

若千穗不小心回答了錯誤的答案，或許會讓一場派對就此付諸流水也不一定。

「……所以之前才會說若遇到不懂的事情，就一定要問別人呢。」

「嗯？」

「我因為自己從來沒看過麥丹勞賣蛋糕，所以就擅自認為沒有……」

「啊，嗯，其實我自己也沒實際看過啦……」

「對不起，我以後會更加注意。」

「這樣啊。」

真奧輕輕點頭。

「不過既然能像這樣自我反省，那反而得注意別讓自己太過於沮喪。若真的有發自內心反省，下次就絕對不能重複相同的失敗。」

「……是。」

「不過講是這樣講，還是別認為自己馬上就能做到完美比較好喔。」

「咦？」

「因為若佐佐木小姐在實習中就把每件事都做到盡善盡美，那我不就沒立場了嗎？無論是我、木崎小姐，還是其他人，大家都是邊替別人添麻煩邊學會工作的，所以一開始先犯錯，然後再加以反省也是工作的一部分。只要最後能夠有所成長就好了。」

儘管講得有些直接，但真奧體貼千穗所說出的話，還是讓後者稍微釋懷了一些。

不過即使真奧這麼說，也不代表千穗就能因此鬆懈。

「是的，不過為了在領薪水時不會覺得不好意思，我會在不撒嬌的範圍內倚靠別人，好好努力。」

在千穗如此自我警惕之後，真奧有些意外地挑起眉毛說道：

「我好像有點能理解，為什麼木崎小姐會說佐佐木小姐能待很久了呢。」

「咦？」

千穗疑惑地反問。

雖然不是很清楚，但若木崎店長是這樣評價自己，那實在是一件令人高興的事情。

能夠像這樣一點一滴地用眼睛、耳朵跟身體來體會成果——

就是所謂的工作吧。

想著想著，千穗的意識開始逐漸被睡意籠罩——

「……得先刷牙才行。」

差點弄掉手機的千穗，努力鞭策自己的身體從床上起身，前往洗手台。

※

打從千穗開始打工以來，已經過了兩星期左右。雖然不是每天都有上班，但在實際出勤日數終於累積到七天之後，千穗覺得自己已經克服了一開始的難關。

雖然的確很累，而且也不是只有快樂的事情，但至少千穗並不會因為想到下次上班的事情就感到憂鬱。

「不過妳的表情很沮喪耶。」

相較於感想，千穗的表情似乎有些陰沉，於是佳織關心地說道。

「嗯……店長跟前輩都是好人，不過我並不是在為這件事煩惱。」

「什麼意思？」

「嗯……我可能會變胖。」

「啊？」

除了第一天以外，剩下六次上班，千穗都被規定要用麥丹勞的常態商品當晚餐。雖然千穗喜歡麥丹勞的餐點，並且也因為是員工餐而不必付錢，但每次都吃速食還是會讓她在意熱量。

「有人請客當然是最好啦，不過每次都吃那個也太辛苦了吧。為什麼要做這種事啊？」

「好像是因為若不曉得自己賣的商品味道如何，就沒辦法推薦給客人。像我明明就很常去，卻還有很多餐點沒吃過……」

「啊……說的也是，我也沒吃過太貴的東西跟那邊的早餐呢。」

佳織理解之後深表贊同。

「不過當然不會一直這樣持續下去，據說等實習結束後，就會換採員工價的樣子。好像之後就必須自己付錢了吧。」

即使自己並沒有那個打算，為了避免變成在炫耀打工的地方，千穗補充地說道。

千穗所說的員工價，是指職員能以七折的優惠購買販賣的商品。

「不過好好喔。根本就是中大獎了嘛。店長跟前輩都又善良又能幹，而且還請妳吃飯耶。啊～如果是在那裡打工，那我應該也會待久一點吧。」

佳織發自內心羨慕地說道——

「然後呢？試著打工之後，有得到什麼跟出路有關的靈感嗎？」

接著像是突然想起什麼似的，開啟了一個令人煩惱的話題。

「……那邊就沒什麼進展了……」

話說回來，千穗當初之所以開始打工，就是為了當成解決出路調查表的其中一個手段。

如今回想起來，每次上班時根本就沒閒工夫去思考出路的事情。

儘管過了一段充實的日子，但關於一開始打工的根本動機，也就是未來出路究竟該如何是好，千穗依然毫無頭緒。

隨著調查表的提交期限愈來愈近，距離舉辦三方面談的月底，已經沒剩下多少時間了。

「喂，佐佐木。」

接著義彌也跟著加入了話題。

「結果妳的時薪是多少啊？」

「時薪？呃，因為我還在實習，而且又是高中生，所以現在是八百圓，不曉得等實習結束後，有沒有機會增加五十圓呢。」

據木崎店長所言，接下來的時薪將視工作表現調整，而千穗的直屬前輩真奧，更是曾經創下才錄取兩個月——亦即實習結束後僅僅一個月，時薪就提升了一百圓的傳說。

即使不用特別說明，千穗也曾經親眼見識過真奧的工作表現，所以反而認為自己應該還得花上好長一段時間，才能到達那種程度。

「換句話說，一天只要工作六小時就能賺到將近五千元囉，真厲害。」

「不過，前提是要工作啊，義彌，你別再想這些無聊的事情了，你應該要比佐佐更煩惱出路調查表的事情吧。你父母不是從以前開始就很嚴格嗎？」

雖然千穗是在上高中後才認識兩人，但佳織與義彌似乎從國小開始就認識了，因此偶爾會聊一些千穗不知道的過去話題。

佳織似乎從以前開始就對義彌說話很不客氣，不過千穗認為既然兩人的感情一直都這麼好，就表示兩人早已習慣這樣的互動，並沒有特別將這點放在心上。

不過這次感覺跟平常似乎有點不一樣。

「嚴格啊……是這樣沒錯啦。不過我一直以來幾乎都被忽視。所以或許我父母三方面談那天真的不會來也不一定。」

「咦？」

「義彌，你到底在說什麼啊？」

「東海，妳應該知道我那些哥哥們的事情吧？」

「啊。」

佳織突然恍然大悟似的點頭。

「江村同學，你有哥哥啊？」

這是千穗認識兩人第二年後，才首次得知的事實。雖然千穗只是單純對朋友的兄弟產生興趣，但義彌卻不知為何一臉厭惡地回答：

「我個人是不太想讓佐佐木知道這件事啦。」

「咦？為什麼？」

「要是知道我那些哥哥們的事情，我怕佐佐木會因此看不起我……唔哇！」

就在這個瞬間，佳織用裝滿文具的鉛筆盒漂亮地擊中了義彌的臉。

從掠過耳邊的感覺來判斷，千穗感覺那股力道似乎不小。

「你就是因為這麼沒用，才會被別人看不起啦！佐佐才不是那種人呢！」

「……牙齒撞到拉鍊了……」

「快點去洗一洗，用酒精消毒啦！」

「東海！妳這傢伙！」

「等、等一下！你們兩個冷靜一點！」

在那之後，千穗被迫聽兩人在自己頭上吵了五分鐘左右。

「義彌上面還有兩個哥哥，那兩個人可厲害了呢。」

雖然話題總算回到義彌兄弟的話題，但佳織卻開始擅自說起義彌不想講的部分。

「上面的那個哥哥是法官，第二個哥哥則是醫生吧？」

「咦？」

由於真的比想像中還要優秀，讓千穗忍不住大喊出聲。

然而義彌卻板起臉搖頭說道：

「別省略那麼多啦。上面那個哥哥雖然想當法官，但目前還在受訓，底下那個哥哥也只是今年剛考過醫師執照，尚未正式當上醫生。」

「然後因為兩位哥哥太過優秀，所以讓排行老么的笹幡北不及格先生很沒面子吧。」

「別說得那麼白啦……」

義彌打從心底感到厭惡地回答真的直話直說的佳織。

「我父母也曾經有一段時間要我向哥哥看齊努力用功，但最近卻什麼都沒說，看來是已經放棄了，就連前陣子我考不及格，他們也只哼了一聲就算了。而我除了念書之外，也沒什麼其他值得期待的技能，所以我最近甚至在考慮要不要離開家裡呢。」

「江村同學……」

「既然東海跟佐佐木都開始打工了，那我也找份打工存錢離開家裡好了。」

義彌簡單地說完後，便結束了這個話題。

由於義彌似乎不想再談兄弟的事情，因此千穗也沒繼續追問下去，不知為何，她總覺得現在的義彌看起來非常危險。

「……我就說要是你現在開始打工，或許會跳過留級直接被退學啦。」

或許是也感覺到了這股氣氛，佳織有些認真地說道。

「只要能夠靠打工賺錢就行了吧？最近不是常有人說學校的課業，就連對考大學都沒幫助嗎？關於出路調查表，我還是直接填就業好了。」

義彌以平常的調調回答。不過千穗當然不可能知道這位友人，究竟認真到什麼程度。

※

「妳今天的表情看起來有些陰沉呢？」

「啊，店長……」

木崎向站在收銀機前的千穗搭話。

「有什麼不懂的地方嗎？」

「啊，沒、沒有……呃，或許是這樣沒錯……」

「？」

今天在學校談到的出路話題，一直在千穗的腦袋裡揮之不去。

無論是義彌、佳織還是自己，都想再更往前看，想了解所謂的出路，但結果還是什麼都不知道。

「……我今天跟學校的朋友，一起討論出路的事情……但果然還是什麼都搞不清楚，而學校又安排了面談。我覺得差不多該有些想法才行，所以就……」

「喔，是那件事啊。」

木崎臉色凝重地點頭。

「對不起，我會好好集中精神工作……」

「大人的意見跟不負責任的意見，妳想先聽哪一種？」

「咦？」

千穗嚇了一跳。

因為千穗原本以為木崎會生氣地叫她好好工作，沒想到木崎不但認真地陪她商量，還說出了奇怪的話。

「……那，就從大人的意見開始。」

「嗯，對大人來說，學生的出路『根本就沒什麼大不了的，就算煩惱也沒用』。」

「咦？」

木崎的發言十分荒謬。

光看這部分，簡直就跟千穗一直以來看見的那些任性妄為的大人一樣。

然而木崎的表情顯示還有後續。

「妳知道為什麼嗎？因為出路這個話題，對大人們的人生而言早就已經結束了。」

「這、這是什麼意思……」

木崎繼續對混亂的千穗說道：

「因為成為大人之後，就會知道『當時該怎麼做，才會更加成功』，所以儘管你們現在正面臨決定出路的分歧點，那些早已經歷過這些事情的大人，還是無法了解為什麼你們會這麼煩惱。大部分的大人都覺得自己充滿熱情、不成熟並對自己坦率的那段時期很難為情，於是早早就遺忘了那些事情。因此除了父母、老師跟補習班講師以外，那些沒真正看過妳的大人們的意見，通通都可以直接無視。」

「補、補習班講師？」

「那些人的工作就是要讓學生的出路安定。所以為了彼此好，他們會發自內心，站在學生的立場進行思考。」

「原、原來如此……」

「另外雖然是不負責任的意見，但關於出路的煩惱，大概能總括為『自己該做什麼、該以什麼為目標、不知道該學什麼』這幾點。也就是不知道將來該從事什麼工作，即使上大學也不知道該學什麼才好。」

「沒、沒錯，所以……」

「若純粹從客觀的角度表示意見，那只要上學費便宜的國立大學念法律或醫學，將來當法官或醫生就好了。不過這年頭就連律師都過得苦哈哈，還是當公務員比較平穩呢。」

「可、可是……」

千穗因木崎意外地舉出身邊就有的實例而驚慌失措，但後者卻露出豪邁的笑容繼續說道：

「不過就算這麼說，妳也只會覺得莫名其妙對吧？」

「是、是的……」

「既然如此，那妳大可不用去煩惱那麼久以後的事情。沒有人能夠預料明年會發生什麼事情，這點即使是大人也一樣，而那些度量狹小的傢伙居然強迫像妳這樣的小孩子做出這麼無趣的選擇，真是太令人遺憾了。」

木崎乾脆地說道。

「所謂的出路，就是要去思考自己今天能為明天做些什麼。即使無法得知明年的事情，至少也能知道自己明天想做什麼吧？」

「明天跟今天……」

「這可不是什麼比喻喔？而是真的指日曆上的今天跟明天。所謂的出路就是未來，而未來就在今天跟明天累積的事物前方。大部分的人都沒聰明到能直接跳過中間這段期間，思考未來

一兩年的事情。所以只能量力而為，循序漸進地朝最靠近今天的明天努力。這麼一來，一年的時間馬上就過了。」

「朝明天，努力……」

「唉，總之……」

木崎突然將手放到千穗頭上，而千穗也一臉煩惱地抬起頭來。

「比起受到那些不負責任的大人們影響，還是先將精神集中在眼前的工作吧。就像我剛才說的一樣，為了邁向明天，今天可是很重要的呢。」

「啊……好的。」

「處理錢最重要的就是要冷靜。妳可要好好分清楚五千圓跟一萬圓喔。」

「我、我知道了。」

被木崎這麼一提醒，儘管心裡某處還殘留了一些曖昧不明的部分，但千穗還是因此回過神來。

今天一直無法集中精神工作的千穗，曾有兩次將從客人那裡收到的五千圓當成是一萬圓。要不是根據規定，必須事先將找給客人的紙鈔交給其他員工確認，千穗早把錢給找錯了。

「對不起，我會立刻專注在工作上。」

跟剛才相比，千穗這次不知為何總算能發自內心如此回答。

儘管內心的迷惘還沒完全解決，但感覺自己的心情比剛才輕鬆了許多。

「很好。這樣我講這些大道理也算是有代價了。我晚點得跑一趟公司，人不會在店裡，接下來要是有什麼不懂的地方，就去請教其他員工吧。」

「好的。」

「加油啦，小千。」

「是！」

木崎以奇妙的方式鼓勵完千穗後，便揮揮手返回員工間，直到她將門完全關上後，千穗才突然發現一件事。

「……『小千』？」

當天晚上準備下班的千穗，在員工間看見穿便服的真奧後嚇了一跳。

「咦？佐佐木小姐也下班啦？」

「辛苦了，真奧哥也是嗎？」

「嗯，因為我今天早上就來了，所以比平常早下班。」

並非二十四小時營業的幡之谷站前店只開到凌晨十二點。

平時在千穗回家後，真奧都還會繼續待到打烊為止，但今天似乎因為比較早出勤而提早下班。

不過比起這個，千穗更在意另一件事情。

「……那、那個，真奧哥？」

「嗯？」

「你、你要直接穿這樣回去嗎？」

「對啊？」

真奧乾脆地回答，讓千穗頓時啞口無言。

雖說是春天，但在這個寒意未消的時期，只在薄薄的襯衫上披一件連帽外套，未免也穿太少了點。

「你、你都不會冷嗎？」

「會啊。」

千穗再度啞口無言。

「哎呀，因為衣服都洗不乾呢。」

儘管千穗覺得問題應該不在這裡，但真奧還是繼續說道：

「附近的投幣洗衣店每間都漲價了，所以我只好自己用手洗，不過畢竟是冬衣，沒想到只是少了脫水這個步驟，就要多等那麼久才會乾。」

這是千穗第一次跟前輩聊到私人的話題……雖然內容太有生活感這點讓人感到有些在意，不過透過這幾天的相處，千穗也知道真奧就是這種開誠布公的人。

「這種天氣，衣服不曬個兩天左右根本就不會乾。所以我只好穿成這樣啦。」

總覺得這跟現在穿得少是兩碼子事。

不過要是過於追究對方的私生活，似乎也有點失禮。

「說、說的也是。反正接下來天氣就會開始變暖了，而且男生的身體比較強壯呢。」

正當千穗回答完準備換衣服時——

「咦？接下來天氣會變暖嗎？」

從背後傳來的疑問，讓她不禁回頭說道：

「咦……因為，現在已經四月了……春天也才正要開始吧？」

「啊，說的也是。果然沒錯，冬天接下來是春天。這方面倒是沒什麼不同呢。」

「真、真奧哥？」

將這種理所當然的事情說得像是新知識般的真奧，在注意到千穗的視線後說道：

「…………這我本來就知道喔。」

「…………我想也是。」

感覺不能針對這部分吐槽的千穗，帶著替換用的衣物走進女子更衣室。

「那、那麼辛苦了。」

「喔、喔，辛苦了。」

生澀地打完招呼後，真奧便走出了員工間。

然而當千穗換好衣服，跟剩下的員工打完招呼準備離開店裡時，卻發現真奧不知為何正獨自站在店外。

「真奧哥？怎麼了嗎？」

「啊……」

「啊！下雨了……」

即使不用特地聽完真奧的回答，也看得出來外面下雨了。

而看真奧這個樣子，恐怕是忘了帶傘吧。

「哎呀，真是失誤。偏偏今天又剛好沒有備用傘可以借……」

「呃，可、可是今天早上的天氣預報，應該有說過晚上會下雨……」

千穗從包包裡拿出摺疊傘說道。

「啊，我家沒有電視。」

但真奧卻再次講出了令人意外的回答。

「咦……？」

「唉，看來只能直接跑回去了。要是衣服會乾就好了……」

語畢，真奧戴上連帽外套的薄帽，像是要下定決心似的深深吸了口氣。

「那麼佐佐木小姐，回家時要小心一點喔……」

「那、那個，請問真奧哥的家，是在哪一帶呢？」

等回過神來時，千穗已經對準備衝出去的真奧如此問道。

「咦？啊，嗯，我住在笹塚站那附近……」

「我、我也正好要往那邊走！不介意的話，要一起撐傘嗎？」

「哎呀，真不好意思，得救了呢。」

「啊，那個，嗯、嗯，不客氣。」

跟真奧爽朗的道謝聲相比，千穗的回答簡直是細若蚊聲。

雖然千穗不自覺地就說出了那種話，但仔細想想，她從來沒跟其他男人一起撐過傘。

唯一值得慶幸的是，經常拎著弓具到處跑的千穗，帶的摺疊傘比普通傘要來得大，所以不用擔心跟真奧會有過多的身體接觸。

「那、那個，真奧哥，你那邊的肩膀……」

不過現在負責撐傘的是身材較高的真奧。

或許是出於體貼，真奧為了不讓千穗被雨淋到而刻意將傘偏向她那邊，結果真奧另一邊的肩膀便因此被淋濕了。

「沒關係啦。跟被淋成落湯雞相比，這根本就不算什麼。」

然而真奧的聲音裡還是不帶一絲陰霾。

「話說回來……接下來還會經常下雨嗎？」

「咦？不、不曉得呢……大概還會一直下吧？」

「這樣啊……真令人困擾。看來這下衣服會愈來愈洗不乾了。」

「不過接下來就會開始變暖。不如趁這個機會買一臺便宜的洗衣機怎麼樣？」

「咦？」

此時真奧的表情明顯充滿了驚訝。

「不可能啦，買兩臺那麼大的東西回去又沒地方放，而且無論怎麼想應該都很貴吧？」

「咦，啊，說的也是……？」

原本以為自己太過干涉別人經濟狀況的千穗，突然察覺到一股不協調感。

兩臺，很大的東西？

「雖然放在洗衣店裡時或許看起來沒那麼大，不過若將洗衣脫水機跟烘乾機直接搬到家裡，可是會把公寓走廊整個塞滿呢。」

「那、那個，真奧哥？我說的不是營業用的那種大型洗衣機，而是家庭用的……」

「咦？」

「咦？」

「……家庭用？」

「嗯、嗯……」

該不會真奧以為全世界的洗衣機，都是像投幣洗衣店那種大型的立方體吧。

「如果是家庭用的型號，那也有賣只比店裡的垃圾桶略大一點的全自動洗衣機喔？若希望價格能再壓更低一點，也可以考慮買雙槽式的……」

「……真的嗎？」

「真的。」

其實真正想問這個問題的應該是千穗才對，但真奧看起來似乎真的受到了不小的衝擊。

「既然是住公寓，那走廊上應該有裝水龍頭吧？只要接在那裡……」

千穗試著從真奧不可思議的發言中，找出跟他住所有關的資訊加以說明。

「的確是有！原來那是給洗衣機用的啊？」

不然是要給什麼用的。

「因為我不知道那是幹什麼用的，所以都拿來用水桶裝水洗衣服呢！」

「……拿來，洗衣服啊。」

「這樣啊……原來洗衣機買得到啊……我本來以為那是一門被洗衣公會獨占的生意呢。」

真奧頻頻點頭。

這到底是怎麼回事呢。總覺得眼前這位說話對象，跟平常在店裡的真奧似乎是完全不同的人。

「吶，我可以再問一個問題嗎？」

不過彷彿真的因為獲得了新知識而雙眼閃閃發亮的真奧，看起來莫名地可愛。

「嗯、嗯，請說。」

「接下來不但雨會變多，天氣也會跟著變暖吧。也就是說即使放在陰涼處，蔬菜還是很快就會壞掉，佐佐木小姐平常是怎麼……」

真奧提出了一個更加令人出乎意料的問題，讓千穗聽得目瞪口呆。

「陰、陰涼處？這個，應該只要放進冰箱就可以了吧……」

既然都說到這個分上了，那麼即使是千穗，也能輕易地預測到兩秒後真奧會如何回答。

「啊，我家沒有冰箱。」

「買一臺啦！姑且不論洗衣機，沒有冰箱未免也太不妙了吧！若吃到壞掉的食物，可是會搞壞身體喔？」

「……果、果然妳也這麼覺得啊？」

「雖然這幾年的春天都會冷很久，不過接下來馬上就是夏天了吧！這樣容易早一步壞掉的蔬菜馬上就會變得不能吃喔？」

「是、是這樣嗎？原來蔬菜有長腳啊？」

「這只是比喻啦！話說為什麼你會覺得驚訝啊，去年跟前年的狀況不是也一樣嗎？如果夏天把生的東西放在外面，馬上就會壞掉喔！」

「我、我知道了！我本來就想要一臺冰箱，所以我之後會買啦……那麼……」

「咦？」

「……那個，要到哪裡才能買得到便宜的冰箱跟洗衣機啊？」

「……」

看來真奧似乎是真的不知道季節的變換，以及家電量販店這些普通的常識。

明明在店裡工作時那麼能幹……

面對這意外的落差，千穗實在不曉得自己到底該高興還是該困惑……

「真奧哥，你該不會是歸國子女吧？你英文說得那麼流利……該不會之前一直都是住在國

外吧。」

千穗試著問道。

從真奧剛才的發言來看，即使他精通外語，對日本生活的陌生程度還是有些誇張，不過若他直到最近都還在國外生活，那倒也不是不能理解。

「嗯～有點不太一樣呢。我並不算是回到這裡。就連英文也只是單純因為『工作』有需要才學的。」

可惜真奧的回答是否定的。

儘管對乾脆地說「學會」英文的真奧感到驚訝——

「……家電的話，我覺得新宿西口的淀川橋家電不但價格便宜，選擇也比較多。再來就是方南町那一帶的唐吉．利．軻德……就是店門口停了很多自行車那裡。」

千穗還是拉回了原本的話題。

畢竟一直吐槽有可能會惹對方不高興，而且感覺即使繼續吐槽，也只會讓不懂的事情變得更多。

真奧絲毫不在意那樣的千穗，睜大眼睛點頭說道：

「啊，那兩間我都知道。因為店面看起來很大，我本來以為裡面賣的都是高級品呢。」

「唐吉．利．軻德賣的東西基本上都很便宜喔！特別是自行車如果別太挑，只要幾千圓就買得到呢。」

「咦？幾千圓就……佐佐木小姐真是見多識廣呢。」

看來真奧是真心地感到佩服。

雖然千穗覺得自己講的幾乎都只是常識，但真奧卻比她早一步說道：

「難怪木崎小姐這麼早就替妳取綽號了。」

「咦？」

「她不是開始叫妳『小千』了嗎？」

千穗的心臟激烈地跳了一下。

「是、是的，你知道這件事嗎？」

「不只是我，大家都知道喔。從明天開始，大家應該都會這樣稱呼妳吧。當木崎小姐開始用綽號叫一個人，實質上就等於宣告那個人的實習已經合格了。雖然公司規定必須至少過一個月才能替實習人員調薪，不過既然她這麼早就開始用綽號稱呼妳，那麼實習結束之後的時薪，應該也會比一開始說的還要稍微多一點吧。」

「咦？是、是這樣嗎？」

完全想不到綽號跟實習究竟有什麼關係的千穗驚訝地睜大眼睛。

「雖然我們也不知道理由，不過必須將木崎小姐用綽號稱呼的新人，當成能夠獨當一面的

戰力尊重，已經是我們店裡不成文的默契了。」

千穗突然想起佳織之前跟她分享的經驗。

該不會所謂的實習期間只是徒具其名，接下來若無法自己一個人完成所有的工作，就會被人責罵吧？

雖然應該不是因為看穿了千穗心裡的不安，但真奧還是接著說道：

「啊，話雖如此，我們還是不會就這樣對妳置之不理，這妳大可放心。在妳能夠確實獨當一面之前，我都會陪在妳身邊。」

「謝、謝謝你。」

在放心的同時，千穗也為「我都會陪在妳身邊」這句話而感到有些害羞。

「不過唯一可以確定的是，木崎小姐應該是認同了妳所具備的某項特質，所以才認為要在工作方面將妳當成一個正式的員工看待。雖然這樣說或許會帶給妳壓力，不過妳可別就此氣餒，要好好加油喔。」

「好、好的……」

總覺得無法直視真奧的臉龐，兩人就這樣陷入了短暫的沉默。

不知不覺間，真奧與千穗已經來到了笹塚站前的十字路口。

「我接下來要往這邊走，佐佐木小姐呢？」

「啊，我是往反方向……不過，我可以送你喔？」

若在這裡就跟真奧分開，到頭來他還是會被雨淋濕。

「沒關係啦，要是讓妳多走一段路到我家，結果回程時發生什麼事就不好了。」

「可是……」

見千穗還不肯罷休，真奧笑著看向旁邊的郵筒說道：

「妳看，我也弄到傘了。謝謝妳送我到這裡，真是幫了大忙呢。」

真奧手裡握著一把破舊的塑膠傘。

那把傘的前端明顯已經生鏽，即使不打開也看得出來裡面的骨架早已歪七扭八。

恐怕是某人掛在郵筒上後忘了拿走，或是打算直接丟棄在這裡吧。

看起來已經在這裡放了好一段時間的傘裡積滿了雨水，但真奧還是將摺疊傘還給千穗，然後打開了那把傘。

「不錯，不錯。」

真奧滿意地點頭。

「真的很感謝妳，回去時要小心一點喔。啊，還有……」

「是？」

「嗯，雖然特地這樣叫感覺有點奇怪……」

「是……請問怎麼了嗎？」

真奧有些害臊地咳了一下後說道：

「從明天開始也要繼續努力喔，『小千』。」

「……唔？」

「那麼，下次輪班時見啦。」

「啊，好、好的，辛苦了。」

這實在是出乎意料的一擊。

千穗茫然地看向真奧揮著手逐漸遠去的背影，並不自覺地將手貼在自己的臉頰上。

上次被其他男生叫「小千」是什麼時候的事情呢？

直到被木崎這麼稱呼之前，就連千穗自己也忘記小時候曾被別人這麼叫過。

而且每個稱呼自己為「小千」的人，全都是比千穗還要堅強、成熟的大人。

「……唔！」

千穗感覺直到剛才為止，都跟真奧在同一把傘下輕輕相碰的肩膀突然開始發燙，讓她忍不住倒抽了一口氣。

千穗小時候曾對一位表哥抱持著淡淡的憧憬，而對方現在也早已結婚生子。

對剛懂事的千穗而言，那位表哥看起來十分成熟，並且就像現在的真奧一樣，教了她許多未知的事情。

不知為何，那位表哥的身影與真奧重疊了。

值得依靠、知道許多自己不懂的事情、儘管非常成熟，但在某些方面又有點少根筋……

「咦？咦、咦？」

覺得連臉都開始熱起來的千穗，好一陣子都無法將視線從真奧離開的方向移開。

※

「……一點都不像。」

回到家試著重新翻開相簿後，千穗發現真奧和那位已婚的表哥根本就完全不像。

雖然這麼說對那位表哥有點抱歉，但真奧要比他帥多了……

「我、我在想什麼啊！好、好痛！」

用力闔上厚重相簿的千穗不小心夾到自己的手指，痛得暫時說不出話來。

將相簿還給因為千穗突然說想看照片而感到疑惑的母親後，她恨恨地看著自己有些變色的指甲回到了房間。

千穗懶散地跳上床，將臉埋在枕頭裡嘆了口氣，然後沉默地擺動雙腳。

「……我到底是怎麼了。」

千穗加快了擺動雙腳的速度。

「到底是怎麼了到底是怎麼了到底是怎麼了！」

彈簧床開始發出「嘎嘎嘎」的聲音——

「好痛！」

接著千穗便因為不斷擺動的腳用力撞上牆壁而痛得跳了起來，在淚眼盈眶地按著自己的腳趾好一會兒後說道：

「我、我到底在幹什麼啊……嗯？」

就在千穗為自己意義不明的行動感到疑惑時，她聽見了手機響起的聲音。

「是簡訊啊，不曉得有什麼事。」

千穗護著才剛用力撞到的腳趾前端，拿起放在房間桌上的手機。

「咦，是江村同學？」

簡訊的內容十分簡單。

『我明天會跟東海去小麥吃飯喔。』

「咦，等等……」

千穗反射性地回信。

「我還沒熟悉工作，你們先不要來啦……」

雖然木崎跟真奧似乎對自己有很高的評價，但坦白講千穗根本不曉得他們究竟是看上自己的哪一點。

千穗事前就有料想過朋友或家人，可能會以客人的身分來自己打工的地方，但居然偏偏是選在明天，這時間點未免也太差了。

這下自己絕對會因為想些多餘的事情而失敗。

「咦？小佳？」

正當千穗這麼想著時，這次換佳織傳簡訊過來了。

「『義彌傳簡訊過來，說要去佐佐打工的地方。明明只要不回信，就不會被他發現妳明天有班了，妳到底在幹什麼啊』……啊！」

千穗開始詛咒起自己的粗心。

明天是千穗從開始打工以來，首次在星期天上班。至今她從未在店裡待超過六小時以上。

這下即使叫義彌等人別來，他們也絕對不會乖乖聽話。

「怎、怎麼辦……如果有朋友來要怎麼辦……」

雖然兩人的確是自己的朋友沒錯，但既然自己還在工作中，而且現場又有其他客人在，那麼感覺還是應該要將他們當成客人接待才行。

不過在電視劇裡，如果有店員認識的客人過來，員工通常都會變得比較親切……

「可、可是那些店都是個人經營的酒吧，像麥丹勞這種連鎖店還是不行吧？」

若來的人是父母，或許事情反而比較單純。

儘管同樣會感到難為情，但是母親前來向照顧女兒的木崎店長打聲招呼，算是非常自然的發展。

不過若換成學校的朋友又是如何呢？

關係親近的人以客人的身分來到職場。

千穗無論如何都沒辦法想像身為連鎖店的麥丹勞裡，出現那樣的光景。

「對、對了！只要問真奧哥……」

就在這個瞬間，腦內閃過真奧臉龐的千穗，反射性地拿起手機。

「啊……我不知道他的聯絡方式。」

儘管實習期間真奧幾乎都是貼身指導千穗，但兩人從未交換過手機號碼或郵件地址，因此千穗自然沒有聯絡真奧的手段，基本上——

「為、為什麼我會想問真奧哥啊……明明就還有其他人在……」

為什麼自己在發現沒有真奧的聯絡方式之前，完全沒考慮過其他人的可能性呢。

「直接打電話到店裡……還是不太好吧。」

雖然千穗事先有用手機記下店裡的電話號碼——

「明天我朋友們會來，請問我該怎麼應對才好？」

但總覺得這個問題實在是太過幼稚。

「反、反正又還沒有確定他們一定會來，等明天再偷偷問其他有排班的人該怎麼應對……就好……」

千穗若無其事地確認夾在筆記本裡的排班表，然後想起排班表後面還附了另一張紙。

「電、電話號碼……」

那張紙是員工的通訊錄。

在因為某些理由而突然無法去上班時，除了當然必須向木崎店長報告以外，還必須親自請別人來幫自己代班。

另外雖然名義上是用來做為預防意外跟災害的緊急通訊錄，不過第一天工作就拿到的這份通訊錄上，還沒有記載千穗的號碼。

千穗下意識地尋找真奧的欄位，發現上面記載了一組手機號碼。

這麼說來，真奧平常到底是過著什麼樣的生活呢。

既然連電視、洗衣機跟冰箱都沒有，可見他平常一定過得十分拮据。

不過從排班表來看，真奧幾乎每天早晚都有密集地排班，可見他應該不是學生。

既不是學生，又過著極度拮据的生活，該不會是音樂家或演員這類追求夢想的人吧。

「不、不對，我才不是想知道那種事！我想知道的是朋友來店裡的時候，能不能跟他們說一下話，還有會不會影響店裡的氣氛……」

從工作的樣子跟平常的言行來看，或許個性表裡如一、腳踏實地的真奧，其實是在存大學或職業學校的學費也不一定……

「所以我就說不是這樣了！」

儘管是獨自在公寓過著拮据的日子，但真奧平常的生活看起來依然有條不紊。

坦白講無論是頭髮、背包還是便服，真奧的品味都稱不上時髦，不過他總是打扮得十分端正，制服也都有好好地洗過。所以或許其實有一個人就近在照顧他也不一定。

「……唔。」

想到這裡，千穗不知為何突然覺得不太高興。

可是，她不曉得自己的心情為何會變差。

可是，正常來講，這的確不是不可能。

可是，即使真奧哥有戀人，跟自己也毫無關係……

「不對不對不對不對！絕對不是這樣！」

「千穗！妳在吵什麼啊！」

樓下傳來母親的聲音，讓千穗紅著臉回過神來。

對了，試著委婉地問問看母親好了。再怎麼說，突然打電話過去的難度實在太高了，而且千穗也不想因為打電話問無聊的事情而被認為自己很隨便。

「我不想……被他這麼想。」

將排班表夾回筆記本後，千穗關掉房間的電燈，並為了找母親商量煩惱而走下樓。

不過在房間變暗之後，真奧身邊那位幻想的對象，便一直占據她腦海裡的某個角落。

那應該是一位為了讓真奧能夠全力工作，而在背後勤奮地支持他的人吧。

或是真奧其實意外地被某個愛亂花錢又懶惰的人給纏上了呢？

或是和真奧平常給人的印象不同，其實是一位每天穿和服的傳統女性呢？

或是對方其實是位適合勤奮工作的真奧，從事正經職業的上班族大姊姊呢……

「這、這些都跟我沒關係吧。沒關係、沒關係！」

千穗用力搖頭，試圖打消腦中那些莫名具體的想像。

「什麼沒關係啊？」

沒想到自己不自覺地發出聲音的獨白，居然在不知不覺間被樓下的母親確實地聽見了。

「沒、沒事啦。話說我有些事情想請教妳……」

千穗隨口轉移話題，並為了向母親請教真正想問的問題而往客廳移動。

「是沒什麼關係啦，不過妳之前不是才在為出路諮詢的事情煩惱嗎？那件事後來怎麼樣了？」

千穗的母親，向正打算坐上客廳沙發的千穗問道。

「……啊！」

後者不禁發出少根筋的聲音。

千穗完全忘了，下星期一就是調查表的繳交期限。

※

煩惱了一個晚上，千穗最後還是只在出路諮詢的文件上寫下名字跟班級。

不過帶著煩惱去上班的千穗，目前最急迫的問題還是義彌今天究竟會不會來店裡。

在昨晚那封簡訊之後——

『我會好好幫妳看著他，不讓他做蠢事啦。』

佳織又再度傳來了聯絡，然而姑且不論這件事，學校的朋友要來看自己工作的模樣，還是會讓人不由得地感到害羞。

直到朋友說好要過來，千穗才總算了解佳織為何要等到辭職之後，才告訴自己打工的事情了。

這沒有什麼道理可言。純粹只是因為必須站在不同的立場接待朋友，所以才會讓人感到緊張不安。

雖然千穗昨晚試著跟母親商量若朋友來職場該如何應對——

『只要不會妨礙工作，應該能跟他們稍微聊一下吧？』

但卻只得到這種無關緊要的答案。

『還有就是要小心別被店長或前輩們瞪喔。』

以及事先的警惕。

即使不曉得理由為何，但既然木崎才剛認同了千穗的某個地方，那她當然不希望因為自己的粗心導致評價下降。

而其結果——

「那、那個，今天我朋友說不定會來店裡……」

就是遵守遇到不懂的事情不能擅自決定的指導，找真奧商量。

「朋友？是學校的嗎？」

「是、是的。然後，朋友來的時候……」

說著說著，千穗自己也覺得這個問題實在很愚蠢。

千穗在發問的同時，也一面在心裡想著按照目前為止的狀況，或許其實只要自己適時地看氣氛應對，就不會有任何問題了。

像是要證實千穗內心的想法般，真奧溫柔地笑著點頭說道：

「其實妳不用想得那麼拘束。只要沒遇到非常忙，或是鬧得太凶的狀況，就算稍微到角落聊一下天也沒問題。妳是想問這個吧？」

「啊，是、是的。」

千穗今天不知為何，一直無法直視真奧的臉，就連答話時也變得吞吞吐吐。

「被熟人看見自己工作的樣子，總覺得有點靜不下來呢。話雖如此，若將對方當成一般客人客氣地接待，感覺也有點討厭。」

真奧像是想起什麼似的苦笑道。

千穗見狀，也跟著放心了下來。

果然大家想的事情都一樣。

「話說回來，我以前從來沒想過會用敬語接待自己的臣子。所以在那之後我們尷尬了好一段時間呢。」

既然連原本以為無論遇到任何狀況都不會動搖的真奧也這麼想，那或許自己會感到動搖也是無可奈何的事情。

思及此處，千穗突然隱約察覺到一股異樣感。

剛才真奧說的話裡面，是不是混了一個沒聽過的字眼呢？

臣子？那是什麼意思，是某人的名字嗎？

沒發現千穗細微疑惑的真奧點點頭，看著千穗說道：

「關於這部分，妳就自己稍微看一下氣氛，妥善應付就行了。」

「啊，呃，好的，我知道了。謝謝你。還有，不好意思，居然問這種無關緊要的問題。」

不過由於千穗本來就只覺得有一點點奇怪，再加上被真奧從正面注視的影響，讓千穗不知為何突然覺得很難為情，因此隨著她低頭道謝，先前察覺到的一絲異樣感便輕易地消失得無影無蹤。

「沒關係，沒關係啦。我一開始可是連客人留下來的空保特瓶能不能丟掉都得問別人呢。倒不如說會煩惱該如何接待朋友的小千，在切換心態方面做得十分確實呢。」

「呀、呀！」

「咦？」

「啊，是、是的！謝謝誇獎！」

「喔、喔？感覺小千今天很有精神呢。」

千穗再度變得支支吾吾，並因為真奧稱呼她為「小千」而嚇了一跳，為了掩飾害羞，就連

聲音也跟著大了起來。

雖然昨天叫的時候還有點遲疑，但今天真奧已經能非常普通地連續喊她「小千」了。

明明被其他前輩這樣稱呼時都不會感到特別驚訝，偏偏就只有面對真奧時無法那麼順利。

「他們大概幾點會到啊？」

「咦？什、什麼意思？」

「妳朋友。」

「啊……啊，那個，還不曉得。基本上就連他們是不是真的會來都……」

「這樣啊。不過還真讓人靜不下心來呢。我熟人第一次說要來店裡時，我也一樣沒來由地緊張了起來呢。但一直這樣焦急下去會很容易犯錯，妳可要多注意一點喔。」

雖然讓千穗「焦急」的原因絕對不只是學校的朋友而已，但只要一想到其他的理由——

「那、那個，我去檢查三點的『十號』！」

「喔、喔，拜託妳了。」

羞得無以自容的千穗強硬地轉移話題，從真奧身上移開視線走向洗手間。

「……看來她很不擅長應付那些朋友呢。」

真奧看著千穗的背影，疑惑地說道。

「十號」是洗手間的意思，是為了不讓用餐中的客人意識到洗手間的店內隱語之一。

麥丹勞一個小時必須檢查一次洗手間的清掃狀況。

前往洗手間的千穗按照之前的指導進行檢查後，便在洗臉台旁邊的檢查者簽名單上寫下自己的「名字」。

「……哇！」

千穗隨手簽名的下午三點欄位上方——下午兩點的檢查欄位裡，用男人方正的筆跡寫了「真奧」兩個大字。

「真奧，千穗……啊啊？寫、寫錯了！不、不對，也不算寫錯！」

千穗只將自己的名字寫在欄位的正中央。

她急忙將上面的字劃掉，改在旁邊剩下的狹窄空位重新填上「佐佐木」。

「……嗚嗚，感覺這樣好像更丟臉。」

自己到底為什麼會對真奧感到這麼在意呢。

雖然自己也完全不曉得原因，但只要一想到真奧的事情，就無法保持平靜。

這樣下去，千穗愈來愈擔心佳織跟義彌來光顧時該怎麼辦了。

明明沒有特別疲累，但還是有氣無力地走出洗手間的千穗——

「啊，是佐佐木耶。」

「唔哇哇哇！」

馬上就遇見了穿著便服的義彌，讓她尖叫地跳了起來。

「喔，佐佐。」

佳織跟在義彌後面出現，兩人目前都還兩手空空。

「因為妳人不在櫃檯，所以我們還在想要是妳在看不見的地方工作該怎麼辦呢。」

「原、原來如此，啊！呃，那、那個……」

完全沒有做好心理準備的千穗，不顧顏面地用眼神向位於櫃檯的真奧求救。

似乎因為剛才的尖叫而注意到這裡的真奧，交互看了看千穗等人一眼後，便點點頭努了努下巴。

坦白講千穗完全看不懂那暗號是什麼意思。

自己跟真奧並未有默契到光靠眼神便能順利溝通。

於是認為真奧對這種場面應該會有什麼辦法的千穗，盡可能以端正的姿勢向兩人低頭行了一禮說道：

「歡迎光臨！若已經決定好要點什麼餐點，請移駕到櫃檯！」

「……喔喔？」

「喔，不錯嘛。」

忍不住抬頭看向櫃檯的千穗，發現真奧既未點頭也未搖頭，只是單純地面露微笑。

難道這樣應對就行了嗎？

總之千穗先將兩人帶到了由她跟真奧負責的櫃檯。

接著——

「歡迎光臨，感謝您之前的幫忙。」

「……啊！你是那時候的店員？」

真奧向佳織打了聲招呼。

「你還記得我啊？」

「我在聽佐佐木小姐說朋友要來時，就大概想到可能會是您了。前陣子給您添了麻煩，真是非常抱歉。」

「咦？什麼？之前發生了什麼事嗎？」

不知道千穗的出路調查表曾經被可樂弄濕過的義彌，在看見麥丹勞店員與朋友的互動後大吃一驚。

「對了，佐佐木小姐。」

「是、是的？」

「難得有朋友過來光顧，要不要試試看自己一個人負責點餐跟出餐呢？」

「咦，我一個人嗎？」

千穗驚訝地回答。

所謂的出餐，就是指受理點餐後，將餐點全擺到托盤上交給客人的意思，而目前千穗還只被允許幫客人點餐跟收錢。

視排班的人數而定，除了尖峰時段外，原則上都是由櫃檯人員負責處理飲料跟附餐餐點。

這跟單純受理點餐和找錢不同，必須一個人在有限的時間內準備好飲料、薯條——視情況而言還包括沙拉跟甜點，交給客人才行。

雖然整個出餐的流程千穗都已經學過一遍了，但她究竟能不能順利完成呢。

就在千穗煩惱的短暫空檔內，真奧不知為何走出櫃檯向佳織攀談。

接著佳織便從皮包裡拿出了某樣物品。

「這是之前那張發票，那位店員說可以用這個換取相同的商品。」

「咦？」

那是千穗還是客人時，曾經聽木崎提過的兌換發票。

這麼說來，在弄倒可樂那天，佳織也同樣算是「被捲入客人之間麻煩」的當事人之一，所以就算店家有提供某種補償，也沒什麼好不可思議的。

「啊，話說我有優惠券呢。」

「好、好的！」

義彌大概是還沒決定好要點什麼吧，只見他拿出附讀取式電子錢包功能的手機，亮出優惠券的畫面。

「加油喔。」

真奧說完後，便退到距離千穗一步左右的地方守候著她。

千穗短暫地閉上眼睛集中精神後，做了一個深呼吸。

既然受到了考驗，就必須有所回應才行。

「……這位客人只需要跟發票相同內容的餐點就好了嗎？」

「嗯，這樣就行了。」

「我知道了。那麼這些餐點不需要付費。」

千穗輸入佳織發票上記載的甜點跟可樂套餐，按下特殊選單的按鍵。千穗邊操作邊輸入佳織的發票號碼，確認這張發票已經是免費服務對象。在將價格設定成免費後，便完成了點餐。

「這張優惠券，能把薯條換成雞塊嗎？」

義彌用優惠券點了一份套餐。

千穗一按下讀取手機的按鍵——

「請將您的手機放在機器前面。」

手機前方的感應器便發出藍光。

「……這位客人，由於您的優惠券只能針對優惠項目使用，因此除了分量以外，無法做其他變更，還請見諒。」

「那這樣就行了。我的飲料要可樂。」

「我知道了。」

在所有的點餐都確定了之後——

「這樣一共是六百五十圓。」

「啊，我只有大鈔可以嗎？」

千穗收下茶色的紙鈔後，仔細地確認上面提示的面額。

「收您一萬圓。收客人一萬圓！」

先請其他員工幫忙檢查過高額紙幣的面額後，千穗才將紙鈔放入收銀機，並在拿出找給客人的錢後再度確認了一次。

「這位客人不好意思，目前只剩下散鈔，請問這樣可以嗎？」

由於剛過午餐的尖峰時段，收銀機裡已經沒有多的五千圓紙鈔，只能用千圓鈔找給客人。

千穗在義彌面前仔細數完紙鈔後交給他。

「找您九千，以及三百五十圓。全都裝在同一個托盤上好嗎？」

「沒關係。」

「我知道了。那麼請在右手邊稍候一下。」

結完帳後，櫃檯內側的螢幕上便亮出告知等待時間的畫面。員工必須在這個畫面變紅之前，將所有餐點送到客人面前。

現在的季節是四月。店裡還有開一點暖氣，因此容易融化的甜點要在最後上。

千穗確認佳織等人後面沒有其他客人，於是看向廚房。

此時義彌點的雞蛋白醬漢堡的白醬派已經被放入油鍋。

那個要炸二十秒，然後跟水煮蛋、生菜與專用醬汁一起夾在麵包裡。

因此千穗決定先從比較不容易受室溫影響的薯條開始處理。

「！」

然而在看見映入眼簾的狀況後，千穗立刻改變方針。她先準備兩杯可樂，從冷凍庫拿出甜點，並擦掉結在上面的霜。

就在這時候，已經完成的漢堡正好從輸送帶滑了下來。

千穗按下位於等候畫面角落的「座位候餐」按鍵，將漢堡、飲料、甜點，以及一個標了號碼的塑膠立牌放上托盤後，送到兩位客人面前。

「非常抱歉。目前薯條正在調理中，請您帶著這個號碼牌到位子上稍候一下，晚點我再為您送新炸的薯條過去好嗎？」

「喔，太好了，看來我們來得正是時候。」

義彌反倒為薯條還沒炸好感到高興。

「不好意思，那麼請兩位慢用。」

「喔。」

「謝啦，佐佐。」

兩人意外坦率地往座位的方向走去。

雖然中間有回過頭幾次，但看來至少並沒有讓這兩人留下壞印象。

看見兩人挑了一個有點遠、位於窗邊的位子坐下後，真奧才回到千穗的身邊。

「小千。」

「怎、怎麼樣？」

最令千穗在意的，當然還是真奧的評價。

實際上這些工作，幾乎都是真奧教的。要是出了什麼錯，那就太對不起真奧了。

不過像是為了打消千穗無謂的擔心般，真奧笑著點頭說道：

「太棒了，沒想到只教一次，妳就真的學會了。完全無可挑剔呢。」

「……太好了！」

千穗心裡突然充滿一股難以言喻的喜悅，讓她不自覺地握起拳頭。

MgRonald.
MgRonald.

「我本來以為妳會在免費發票的按鍵跟薯條的地方卡住，結果妳居然冷靜流暢地完成了工作，看來這下就算不用我陪在身邊，妳也不會有問題了呢？」

「咦、咦？我、我不要那樣！」

然而在聽了真奧後半段的話後，千穗反射性地如此回答。

「咦？」

「啊，咦？呃，那個，這樣我會很困擾。我還沒到那麼……」

「哎呀，我不會就這樣丟下妳不管啦。不過既然妳學得這麼快，那麼接下來木崎小姐或許會叫我更徹底地指導妳也不一定……喔，薯條好了。」

「啊！」

此時，響起了通知新薯條已經炸好的電子聲，油鍋裡也開始浮出滿滿的金黃色薯條。

「那麼晚點我會再教妳怎麼幫薯條灑鹽。因為這次有客人在等，所以就由我來處理……拿去吧。」

真奧將義彌點完後還在候餐的中薯交給千穗。

「……唔！」

雖然千穗因為短暫碰到真奧的手指而倒抽了一口氣，但真奧看起來並未特別放在心上，逕自將托盤跟餐巾紙遞給千穗。

「現在客人不多，妳可以跟他們聊一下喔。」

「咦，可、可以嗎？」

「只要別聊太久就沒關係。去吧。」

「好的，謝謝你。」

「喔。」

千穗低頭行了一禮，走向佳織與義彌等待的座位。

「讓您久等了，這是您的中薯！」

將薯條放在桌上並收走立牌後，千穗便從營業笑容換回平常的表情向兩人搭話。

總覺得這狀況，很難為情。

「……唉，大概就像這種感覺。」

「咦？這樣沒關係嗎？」

佳織似乎有些在意位於櫃檯的真奧。

「嗯，真奧哥說可以跟你們講一下話。」

「喔，他還滿寬容的嘛。」

佳織佩服地點頭後，突然開始從頭到腳地打量了一遍千穗。

「很適合妳呢。」

「咦？是、是嗎？」

「嗯，總覺得看起來很成熟呢。」

義彌也像是贊同佳織的意見般點頭。

「才、才沒有這回事呢！」

忍不住害羞起來的千穗，開始揮起從桌上回收的號碼牌。

「喂，義彌，你別只顧著看腳啦！」

「笨蛋東海，才不是那樣！雖然外表也一樣，不過剛才的接待，非常有模有樣呢。」

「嗯，對啊。我覺得至少比我之前打工那裡的同事要好多了。」

「是、是嗎？謝謝你們。」

雖然被朋友看見會覺得不好意思，但被像這樣大肆稱讚，也同樣會感到害羞。

「看見這種場景後，果然也會想跟著打工呢。根據我從東海那裡聽來的狀況，這裡似乎是個好地方呢。」

雖然不曉得認真到什麼程度，但佳織聽見義彌又說出這種話後，立刻板起臉說道：

「你又開始了。」

「什麼啦。我可是很認真的耶。」

「就算你認真起來，也不及佐佐的一半啦。至少我就沒有自信能在這裡長期打工。」

「咦？」

佳織出人意料的回答，讓千穗與義彌都感到疑惑。明明佳織才在之前聽過千穗的描述後，說出類似自己在這裡或許就能待久一點的話。

「佐佐木小姐！能過來一下嗎？」

接著從櫃檯的方向突然傳來真奧的叫喊聲。大概是千穗在這裡逗留太久了吧。

「對不起，我過去一下。」

「喔、喔。」

「加油啊。」

千穗轉身離開兩人，趕往櫃檯。

「佐佐木小姐，這位客人想跟妳打聲招呼。」

「咦？」

有客人找我？

正當千穗納悶地抬頭看向客人的臉時——

「啊！」

千穗忍不住倒抽一口氣。

站在那裡的人，正是之前那位高大魁梧的白人男子。

那位男子曾經不小心打翻千穗還是客人時的可樂，就結果而言，那件事也成了讓千穗開始在這間店打工的原因之一。

「啊，您好！之前……」

雖然千穗直接講了日語——

「這位先生說『沒想到妳後來居然成了這裡的店員呢。那天的文件後來還好吧』。」

但在真奧的同步口譯下，兩人總算能夠勉強交談。

「其實我還沒交出去，但透過在學校外面工作，我覺得似乎能稍微看見自己畢業後想做什麼事情了。」

「『我在學生時代也曾經因為不曉得該學習什麼，而對人生感到迷惘。但我跟妳不同，在學生時代並沒有嘗試解決問題，所以後來過得非常辛苦，直到現在才好不容易能對自己的工作感到自豪』。」

「請問您現在是從事什麼工作呢？」

「呃，『我是一個專門進口日本筆跟刷毛到赫爾辛基的畫商。這世界上再也找不到品質比日本的筆跟刷毛還要更好的商品了』。喔！」

就連負責翻譯的真奧也感到十分驚訝。

「赫爾辛基，是在芬蘭那裡吧。」

白人男子被千穗這麼一問，便高興地點頭。

「這位先生說他明天就要回赫爾辛基了，不過他很在意小千後來的狀況，所以才試著來店裡看看。」

「不過託您的福，我才能在這麼棒的店裡打工。雖然我不知道將來的事情，不過若您之後有機會再來日本，還請再度光臨。我會好好努力，以便到時候能向您報告好消息。」

「他說『就這麼辦吧，請妳好好加油。學生時代學到的東西，將來一定會以某種形式派上用場』。」

「是！」

千穗用力點了一下頭後說道：

「啊，真奧哥。」

「嗯？」

「……你可以幫我告訴他，下次他來的時候，我會努力讓自己能夠直接跟他對話嗎？」

「……」

※

「吶？要是有那種前輩在，應該會做不下去吧？一般來說，都會因為覺得自己太沒用而崩潰吧。如果你無論如何都想退學，那我也不會阻止你，不過至少憑你的本事，現在還沒資格在這裡打工。」

「……」

「義彌？」

「喂，東海。」

「嗯？」

「……芬蘭到底在哪裡啊？」

「……你啊，姑且不論赫爾辛基，至少也該知道芬蘭在哪裡吧。斯堪地納維亞半島！北歐！連這種事都不知道，居然還想做跟佐佐同等級的工作，真是笑死人了。」

「真的會有人從那麼遠的地方來日本買筆嗎？」

「如果那位前輩沒翻譯錯誤，那就是有吧？雖然我想應該沒錯啦。」

「為了什麼？」

「我哪知道啊！如果你真的這麼在意，直接去問本人不就好了嗎？」

「怎麼問？」

「看是要拜託那位真奧先生，還是用你在學校考不及格的破英文突擊之類的？」

「……」

※

傍晚六點。兩位朋友一直待到千穗下班的時間。

幸好這段時間內，店裡並沒有擁擠到必須請那兩人離開的程度。

雖然託真奧、佳織以及義彌的福，千穗總算獲得了獨自完成點餐的自信，不過接下來應該還有許多必須靠自己學會的事情吧。

就在千穗確認自己因為度過了各方面都十分充實的一天，而掌握到的成果時——

「喂，佐佐木。」

「嗯？什麼事？」

在回家的路上，義彌以令人費解的表情問道：

「妳那位會說英文的前輩，是大學生或歸國子女嗎？」

「好像不是喔。我之前也有問過，他說是因為覺得英文對工作有必要才學的。實際上店裡，也的確經常有從附近公司來光顧的外國客人。」

「一般會為了打工而做到那種程度嗎？」

千穗也對這點抱持著疑問。

當然其中的確是有那種要素存在，不過——

「江村同學，你知道芬蘭是說什麼語言嗎？」

「咦？不是英文嗎？」

千穗搖頭否定。

「是芬蘭語喔。雖然是跟英文不同的語言，但那位先生在從學校畢業之後，靠自修學會了講英文跟德文。而且據說他當時只有參考學校的教科書呢。」

「……該不會是他原本頭腦就比別人好吧？」

「他沒有上大學喔。」

義彌啞口無言。

看著義彌的側臉，千穗想起木崎曾經說過——

「所謂的出路，就是不斷思考今天能為明天做些什麼。」

真奧跟那位白人男子，都是因為覺得對明天有必要，才在今天學了英文。

雖然不曉得自己一年後在做什麼，但無論是明天還是一年後，絕對都不會有跟今天相同的一天，所以到時候當然是能擁有愈多愈好。

既然是跨足世界的畫商，那麼即使不是明天，或許他下個月還會來到日本也不一定。在那之前，千穗希望自己至少能學會怎麼用英文打招呼。

雖然現在抱持的想法，不見得在一兩年後就一定能成為自己的財產，不過——

「如果無法為了自己努力，那怎麼可能會有辦法為別人做些什麼呢。」

不只是真奧而已，木崎與其他前輩，還有那間店的人們都是如此。

正因為想為別人工作，所以才能夠為自己努力。

正因為為自己工作，所以才能夠為別人努力。

「……什麼意思？」

義彌疑惑地問道，但千穗卻回頭說道：

「我才不告訴你！」

千穗並沒有親切到會告訴別人自己煩惱過後所得到的答案，所以她笑著敷衍義彌，並稍微欺負了他一下。

「我覺得如果是現在，應該有辦法寫出路調查表喔。」

「咦？佐佐還沒寫完啊？」

走在前頭的佳織，一臉意外地回頭說道：

「我寫想去念弓道很強的大學喔。這並不完全算是謊言，畢竟現在能讓我努力的，就只有這個而已了。要是這樣還被人抱怨，就等到時候再想辦法吧。」

「……妳們兩個怎麼都這樣啊。」

在那之後，直到三人各自分別為止，義彌都一直擺出一副無法接受的表情。

※

緊張的三方面談日。

千穗等人將按照江村、佐佐木、東海林的順序接受面談，並在面談開始前與陪同的監護人一起坐在走廊的椅子上。

當然，義彌一直強調不會來的母親也來了。

從義彌本人以及他那兩位哥哥的事蹟聽來，千穗原本以為她會是一位個性冷淡、熱衷教育的媽媽，但結果卻是一位身材豐腴，看起來個性和藹溫柔的女性。

從前陣子去了千穗的打工處以來，義彌就開始變得非常沉默寡言。

佳織也因為最近都找不到機會跟義彌拌嘴，而顯得有些靜不下來。

「江村同學，請進。」

安藤老師呼喊江村母子的姓名，請他們進入教室。

雖然義彌的母親向千穗等人行了一禮，但義彌卻頭也沒回地直接走進教室。

「佐佐，佐佐。」

門一關上後，佳織便小聲地對千穗招手，並在教室的門縫旁邊蹲下。

「小、小佳，不行這樣啦。」

「喂，佳織？」

千穗與佳織的母親同時責備明顯是想偷聽的佳織。

『……感謝您今天在百忙之中，撥空前來。』

沒想到不用刻意偷聽，安藤老師的聲音就從裡面傳了出來，讓在場所有人都失去了興致。

笹幡北高中的校舍十分老舊，無論將門關得多緊，依然幾乎沒有隔音的效果。

「……千穗，媽媽先去一下洗手間喔。」

說完後，千穗的母親苦笑地站了起來。

「……我也趁現在先去好了。」

佳織的母親也趁機起身。果然即使並非刻意，對大人來說，還是會覺得聽見別人的面談不太好意思吧。

兩位母親一消失在走廊的角落，千穗與佳織便互望了一眼。

「……我、我也……」

雖然千穗也想跟上母親的腳步離開——

「不行，我們必須在這裡等啦。」

但佳織卻小聲地勸阻，並強硬地將千穗拉回椅子上。

「而且義彌那傢伙最近不是有點怪怪的嗎？或許是有什麼心境上的變化也不一定。」

「真是的……就算是這樣，我們也不一定聽得見……」

『江村，雖然我不太想這麼說，不過以你目前的成績來看，想上大學的英文系實在有點勉強，為什麼你會突然有這樣的想法呢？』

「「……」」

像是在開玩笑般，安藤老師的聲音在絕妙的時機傳了出來，害千穗差點笑場。

而這點佳織也是一樣。

義彌居然想念英文系？

『……雖然老師可能事先就知道了也不一定，不過我有兩個超優秀的哥哥。』

在兩人的驚訝尚未平息之前，教室裡的義彌以有些壓抑的聲音說道。

『不過正因為我知道自己的成績不好，所以我並不認為自己有辦法追上我哥他們。我哥哥們是因為有明確的理由，才會以法官跟醫生為目標，但我完全沒有任何志向，就算以現在世間認為成功的模範職業為目標，應該也不會順利……』

『老師是覺得以模範為目標也沒什麼不好，然後呢？』

『…………芬蘭。』

義彌沉默了好一會兒後才說出的話，讓千穗與佳織再度嚇了一跳。

『嗯？』

『老師，你覺得從芬蘭來日本買筆的人，是過著什麼樣的人生呢？』

『咦？』

『你覺得那樣有辦法謀生嗎？』

『等、等等，老師有點聽不太懂。』

也難怪安藤老師會感到混亂。

『我是這麼想的。雖然大家都說當醫生或公務員薪水比較好，而且生活也比較安定，但那些人並不是因為成為公務員才拿到錢，而是以公務員的身分工作才拿到錢的吧？老師也是因為幫我們上課，所以才拿得到薪水的吧？並不只是因為安定而已，老師當初應該也是以自己的方式，對教師這個職業抱持著浪漫跟夢想，所以才會從事現在這份工作吧？』

『是、是這樣沒錯。嗯。』

『我是在最近看過朋友打工的情形後，才開始有這樣的想法。我不應該把職業的名稱當成目標，而是在找到能當成目標的職業時，思考應該怎麼做才能讓自己毫不猶豫地追尋那個目標。』

義彌像是在思考該怎麼表達似的停頓了一下。

『……然後，我遇見了一位大叔。雖然我覺得他應該不是為了來日本買筆，才從學生時代就開始用功念書。不過若將來我也因為某個契機，而有了像那樣非做不可的事情，那究竟有什麼是我現在必須先做的呢，然後我就想起了之前考不及格的英文。我的腦袋不好，如果沒有什麼簡單明瞭的目標一定會偷懶，所以我才想先挑個難度高一點的英文系當成目標，大概就是這種感覺。』

「……」

等回過神來時，千穗跟佳織才發現自己早已認真地對義彌的話聽得出神。

『……關於這部分，請問媽媽有什麼想法……』

儘管感到疑惑，安藤老師還是試著向義彌的母親搭話。

『……無論是這孩子的哥哥們、我，還是我丈夫，所走的都是像這孩子所說的「模範人生」。我丈夫是公務員，而我在結婚之前，也是擔任老師。』

「！」

千穗嚇了一跳。因為這又是一件她不知道的事實。

不過從佳織的表情來看，她事先果然也毫不知情，而且她正聚精會神地專心聽著裡面的談話。

『我們並不打算強制義彌往那樣的未來發展，而且被我們這些宛如模範的大人們圍繞，一直以來應該都讓他覺得頗為拘束吧。我跟丈夫都很擔心，他會不會認為就連兩位哥哥的出路，都是受到我們的強制。』

『……我才沒那麼想……』

『基本上，既然那是他本人的目標，那麼身為父母的我們並不打算加以干涉。若他本人決定要這麼做，那麼無論是好是壞，最後都一定會有個結果出來，雖然這麼做可能會替老師添麻煩，但還是請您好好地指導他……我不知道為什麼是芬蘭，但如果將來他當上了翻譯，那麼以後出國旅行時，我們一定會好好地使喚他。』

義彌母親的最後一句話，應該是對著兒子說的吧。從她的聲音裡，完全感受不到對兒子置之不理的印象，那是一道跟千穗的母親里穗一樣，總是為孩子操心的母親的聲音。

『畢竟上次才考不及格，妳可別太期待啊。』

『所以你接下來才要用功吧。』

在那之後，三人持續著不曉得該說是閒聊還是面談的對話，直到室內傳出有人起身的聲音，千穗跟佳織才端正姿勢，裝成若無其事的樣子。

不過千穗並沒有漏聽——

「明明只是個義彌……」

佳織在當時輕輕地嘟囔道。

安藤老師帶著江村母子走出教室。

「江村同學，辛苦了。接下來換佐佐木同學……咦，佐佐木，令堂上哪兒去了？」

「啊，她去洗手間了，馬上就會回來……」

「不好意思，不好意思，讓您久等了。」

千穗一指向走廊，里穗就像是算好時機似的趕了過來。

「您好，讓您久等了。」

接替江村母子走進教室的千穗——

「你現在，還會想打工嗎？」

在擦身而過時試著問道。

雖然義彌似乎不曉得千穗為什麼要這麼問，但還是以奇怪的感覺噘起嘴偏過頭回答：

「因為妳們兩個實在太囉嗦了，所以現在還是先念書好了。」

義彌說完後，便害臊地快步離開了。

至於佳織，則是以一副微妙的表情看著義彌的背影。

義彌的改變，當然主要是基於本人的意志，但認為真奧、那位芬蘭男子以及千穗工作的樣子也有對他造成影響，應該不算是自我意識過剩吧。

真要說不甘心的話，大概就是自己思考的出路，先被義彌講走了吧。在出路調查表中，千穗也同樣將大學的英文系列為候補。

而理由也幾乎跟義彌一樣。

因為那就是千穗現在能夠累積的東西，同時也是她想累積的東西。

這個世界，比像自己這樣的學生所看見的，以及想要看見的事物還要更加寬廣。

誰都不能保證現在看見的世界，跟明年看見的世界會是一樣的。

既然如此，那麼自己就必須在伸手可及的範圍內，將飛向新世界所需要的東西一個一個地弄到手才行。

千穗認為，這一定就是自己最後應該前進的道路。

所謂的出路，並不是終點。

不過只是中途的檢查站而已。

即使心裡正想著這些了不起的事情，但另一方面，正為了避免跟已經聽見的義彌回答重疊，而在腦中思考該怎麼說明並加以模擬的器量狹小的自己，也是確實存在的，讓人覺得好像有點沒出息。

「嗯，以佐佐木的成績來看，別說是文組的科系了，還有很多間大學都能夠列入選項，總之妳還是先說說看將英文系列為第一志願的理由吧。」

當作目標的理由，努力的動機，並沒有規定只能有一個。

雖然不是像義彌那樣，但千穗認為單純的憧憬，便足以當成訂立目標的出色動機。

就像剛入學不久後參觀社團，看見前輩用那把竹弓展現「會」的動作一樣。

就像以那張寫有自己未來的紙為契機，見識到許多大人們的「工作」一樣。

想抵達那個場所。

想看見跟他們相同的世界。

「我想追上，一個我非常尊敬的前輩。」

想跟那個人站在同一條地平線上，體驗跟他相同的世界。

※

這是我還只是個一無所知的高中女生時的故事。

是雖然已經對未來的變化做好了覺悟，但沒想到接下來遭遇的變化，居然足以將整個世界為之一變的，佐佐木千穗的故事。

在這場面談之後短短的兩個星期，我得知了那個人的真相。

知道那個真相後，我的世界開始以跟過去完全不同的形式擴展開來，讓原本曾經是普通高中女生的我，投入了一場賭上許多性命與世界趨勢的戰鬥。

而正這是在那略早之前，發生的故事……

—— 完 ——

作者，後記 — AND YOU —

這次的後記有透露一些本書的劇情。

請從後記開始看的讀者小心留意。

關於出現在《打工吧！魔王大人》一到六集中的打工與行業，其實沒有一個是和ヶ原本人曾經從事過的職業。

不過收錄在本書中的四則故事，全都是以和ヶ原過去的經驗為基礎創作出來的。

關於這四篇故事的主角，除了魔王撒旦真奧貞夫，以及勇者艾米莉亞遊佐惠美等固定班底以外，我還另外在每篇都各安排了一個角色。

請各位務必關注由真奧一行人，以及那些過著各自日常生活的人們所編織出來的一頁頁故事。

〈魔王，再次決意要誠實地做生意〉

這是從本篇第二集結尾過後約三十秒開始的故事。

主題是「冷靜下來，先找個人商量吧」。

如同現在電視會以「實錄！」這種感覺所作的報導一般，那些人的理論無論怎麼想都充滿了奇怪的漏洞。

某天上午我碰巧穿西裝出門，並在本地車站附近的路上突然被人推銷四顆一組的西洋梨，那次經驗後來就成了這個故事的基礎。

雖然我不是上班族，但他們真的認為在上班時間穿西裝的男人會買水果嗎……

〈魔王，撿了棄貓回家〉

在我出道之前，我老家那隻陪伴了我十六年的虎皮鸚鵡因為過於衰老而去世了。

那隻鸚鵡不但活了十六年才壽終正寢（換算成人類年齡大約是一百三十歲），還是曾經撐過白內障跟兩次腦梗塞的無雙強者，而當時幫忙的獸醫是位非常親切的人。

在此向那位醫生致上謝意，並希望所有的寵物都能度過幸福的一生。

話說在我老家的庭院，連續四年都有同一個家系的野貓生了小貓，因為很可愛，所以也不能隨便趕牠們走，不過我爸基於興趣拿來栽種香菇的木頭卻被牠們用爪子抓壞了，難道就沒有什麼辦法嗎？

〈魔王與勇者，一起去買棉被〉

我表弟的女兒是讓阿拉斯・拉瑪斯這個角色誕生的因素之一，而她才一年就長大了好多，實在是讓我嚇了一跳。

另外在思考該送朋友夫婦的小孩什麼生日禮物時，我也從店裡的人那裡得到了不少建議，實際接觸過之後，我真的深刻體會到小孩子成長的速度實在是快得不得了。

真奧跟惠美要是再煩惱下去，或許會因為被時間超前，而被迫面臨一個接一個不同的煩惱呢！

〈打工吧！高中女生 - a few days ago -〉

這是描寫佐佐木千穗與真奧貞夫如何相遇，發生在《打工吧！魔王大人》第一集之前的前傳。

是本書全新創作的故事。

身心都逐漸超人化的千穗，在此時還只是個用一介高中女生來形容也不為過的普通女孩。

平常的千穗因為周圍的人都較為年長，所以是個總是使用敬語的角色。

在剛企劃時，我明明只是想寫一個讓那樣的千穗能跟朋友自在聊天的故事，到底為什麼會變成這樣呢。

雖然人家說若想預測未來，那連鬼都會覺得可笑，不過也有人說能笑就是福。

因為各種期限遲早會像鬼一樣拿著鐵棒追上來，所以我覺得能決定的事情還是趁早決定會比較好。

和ヶ原從以前開始就是那種被到處追著跑，並在最後被教訓得慘兮兮的類型。

那麼，等本書到達各位讀者手上，應該已經是二〇一三年二月十日之後的事情了。而再兩個月後的四月，將開始播放《打工吧！魔王大人》的動畫版。（註：以上為日本方面的情況）

打從我開始創作這部作品，至今已經即將邁入第三個年頭，《打工吧！魔王大人》的世界還會繼續擴展下去，敬請期待。

而無論有什麼樣的展開，為了每日的三餐與快樂的生活，他們今天依然會一面珍惜日常，一面努力地度過每一天。

希望未來還能有機會寫出像本書般，詳細描寫簡樸日常生活的故事。

再會囉！

恭喜第七集發售！
我是負責電擊大王版漫畫作畫的柊曉生。
2013年2月的現在，
我正畫到鈴乃登場的部分。
Villa・Rosa笹塚變得熱鬧起來，
讓我畫得非常開心呢（笑）。
春天的鈴乃小姐
柊曉生
SPECIAL GUEST 01

SPECIAL GUEST 02
恭喜
第7集
發售
我是負責連載外傳漫畫
《打工吧！魔王大人高中版》的
三嶋くろね！
我最喜歡艾米莉亞跟
阿拉斯・拉瑪斯這對可愛的組合了♪
高中版的漫畫第1集
也請多多指教！
三嶋くろね

《打工吧！魔王大人 7》
特別企劃附錄

履歷表集

Character File 09

履歷表

拼　音	KISAKI MAYUMI
姓　名	木崎真弓
198×年 9月 25日 生（滿26歲）	性別 女
地　址	東京都澀谷區西原X-X-X 西原公寓203號室
電　話	03-0000-0000

年	月	學歷・工作經歷
平成XX年		東京都立笹幡中央高中畢業
平成1X年		明慈大學企業管理系入學
平成1X年		明慈大學企業管理系畢業
平成1X年		日本麥丹勞股份有限公司任職至今

執照	食品衛生負責人、防火管理人、販賣士二級、色彩能力檢定二級、麥丹勞・咖啡師、TOEIC分數860
特殊技能・嗜好	工作、培育人才、料理、旅行
面試動機	實現夢想
本人希望欄	永不退休

通勤時間 徒步約15分，可以的話，希望能住店裡。	有無撫養親屬 無	監護人姓名 無

《打工吧！魔王大人》講座

『概念收發』修行基礎篇

idea-link

1 重點在於讓身心理解不用發出聲音，也能傳達意志這件事情！

就像學習不用輔助輪騎自行車一樣。最困難的部分，就是要讓身心都了解「有辦法騎」這點對吧？只要學會怎麼騎，之後就能夠騎各種自行車了。

2 只要能讓想傳遞的「意思」乘著「能量」傳送出去，就通過第一階段了。

人類是使用聖法氣來傳送，惡魔則是使用魔力。不過這就跟在路中央不發出聲音大喊一樣。在這個階段，還無法將意思傳達給對方。

3 特定想傳達「意思」的「對象」。

由於手機能確實地將聲音傳達到對方的號碼，因此正好適合用來練習掌握特定對象的感覺。雖然因為這是沙利葉先生說的，所以讓人感到有些不安……

4 等能夠一對一談話後，就算是學會基礎了！

一對複數、複數對複數、超遠距離，或是幫並非施術者的複數對象進行翻譯（充當媒介），概念收發的應用方式十分豐富。不過這是因為千穗小姐才辦得到的基礎修行。若想正式學習，還是推薦去安特．伊蘇拉喔。

Kadokawa Light Novels

©2012 by Takumi★Hiiragi

絕對雙刃 1 待續

Kadokawa Fantastic Novels

作者：柊★たくみ　插畫：淺葉ゆう

唯有和搭檔之間擁有羈絆，才能攫取未來。
學園戰鬥就此揭開序幕！

「焰牙」——那是藉由超化之後的精神力將自身靈魂具現化所創造出的武器。我因為擁有這種千中選一的能力，進入戰鬥技術學校就讀。然而，在學園中被稱為「絆雙刃」的搭檔制度之下，必須和銀髮美少女・茱莉整天都在同一個房間裡度過……!?

台湾角川

NT$180/HK$50

國家圖書館出版品預行編目資料

打工吧!魔王大人 / 和ヶ原聡司作 ; 夜隱,李文軒譯.
—— 初版. —— 臺北市 :
臺灣國際角川, 2011.11— 冊 ; 公分
——(Kadokawa fantastic novels) ——

譯自：はたらく魔王さま!
ISBN 978-986-287-462-2（第1冊：平裝）. —
ISBN 978-986-287-693-0（第2冊：平裝）. —
ISBN 978-986-287-819-4（第3冊：平裝）. —
ISBN 978-986-287-923-8（第4冊：平裝）. —
ISBN 978-986-325-092-0（第5冊：平裝）. —
ISBN 978-986-325-367-9（第6冊：平裝）. —
ISBN 978-986-325-542-0（第7冊：平裝）

861.57 100020330

Kadokawa
Fantastic
Novels

打工吧！魔王大人 7
（原著名：はたらく魔王さま！7）

2013年8月15日　初版第1刷發行
作　者：和ヶ原聰司
插　畫：029
日版設計：木村デザイン・ラボ
譯　者：李文軒
發 行 人：塚本進
總　監：施性吉
副總編輯：蔡佩芬
主　編：吳欣怡
文字編輯：黎夢萍
美術副總編：黃珮君
美術主編：許景舜
美術編輯：蕭毓潔
印　務：李明修（主任）、張加恩、黎宇凡、張則蝶
發 行 所：台灣國際角川書店股份有限公司
地　址：105台北市光復北路11巷44號5樓
電　話：（02）2747-2433
傳　真：（02）2747-2558
網　址：http://www.kadokawa.com.tw
劃撥帳戶：台灣國際角川書店股份有限公司
劃撥帳號：19487412
法律顧問：寰瀛法律事務所
製　版：尚騰製版印刷有限公司
ＩＳＢＮ：978-986-325-542-0
香港代理：角川洲立出版（亞洲）有限公司
地　址：香港新界葵涌大連排道200號偉倫中心第二期20樓前座
電　話：（852）3653-2804
※本書如有破損、裝訂錯誤，請寄回當地出版社或代理商更換。